# RETTUNG

### EIN ASH PARK ROMAN
#### BUCH 1

### MEGHAN O'FLYNN

# KAPITEL EINS

*Was zum Teufel willst du sein, Junge?*

Die Stimme des Ausbilders hallte in Edward Petroskys Kopf nach, obwohl es schon zwei Jahre her war, seit er die Armee verlassen hatte, und sechs Jahre, seit ihm diese Frage entgegengebrüllt worden war. Damals wäre die Antwort anders gewesen. Noch vor einem Jahr hätte er »Polizist« gesagt, aber das war eher, weil es sich wie eine Flucht aus dem Militär anfühlte, genauso wie der Golfkrieg eine Flucht aus der beladenen Stille im Haus seiner Eltern gewesen war. Aber der Drang zu fliehen war vorüber. Jetzt hätte er ohne eine Spur von Ironie »Glücklich, Sir« geantwortet. Die Zukunft nahm gute Formen an; besser als die frühen Neunziger oder die Achtziger, das war verdammt sicher.

Wegen *ihr*.

Ed hatte Heather vor sechs Monaten kennengelernt, im Frühling vor seinem fünfundzwanzigsten Geburtstag, als die Luft in Ash Park noch nach erdiger Verwesung roch. Jetzt drehte er sich auf den lila Laken um, die sie »pflaumenfarben« genannt hatte, und legte einen Arm über ihre

Schultern, den Blick auf die Raufasertapete an der Decke gerichtet. Ein winziges Halblächeln spielte um ihren Mund, mit einem seltsamen Zucken in einem Mundwinkel, fast wie ein Krampf, als ob ihre Lippen sich nicht sicher wären, ob sie lächeln oder die Stirn runzeln sollten. Aber die Winkel ihrer noch geschlossenen Augen waren gekräuselt – definitiv ein Lächeln. *Scheiß aufs Joggen gehen.* In der Nacht, als er sie kennenlernte, hatte sie so gelächelt. Es waren kaum fünf Grad draußen gewesen und sie hatte gerade ihre Lederjacke ausgezogen, und bis er zum Stehen gekommen war, hatte sie die Jacke um die obdachlose Frau gewickelt, die auf dem Gehweg saß. Seine letzte Freundin hatte extra Knoblauchbrot in ihrer Handtasche versteckt, wenn sie essen gingen, weigerte sich aber, den Hungrigen auch nur einen Cent zu geben, und verwies auf den »mangelnden Willen« dieser Verkommenen. Als ob jemand freiwillig hungern würde.

Heather würde nie so etwas sagen. Ihr Atem war heiß an seiner Schulter. Würden seine Eltern sie mögen? Er stellte sich vor, wie er die dreißig Minuten nach Grosse Pointe zum Thanksgiving nächste Woche fahren würde, stellte sich vor, wie er an ihrem antiken Esstisch sitzen würde, dem mit der Spitzendecke, die all die Narben verdeckte. »Das ist Heather«, würde er sagen, und sein Vater würde gleichgültig nicken, während seine Mutter steif Kaffee anbieten würde, ihre stahlblauen Augen schweigend urteilend, ihre Lippen zu einer schmalen, blutleeren Linie zusammengepresst. Seine Eltern würden kaum verhüllte Fragen stellen, in der Hoffnung, dass Heather aus reichem Hause käme – tat sie nicht –, dass sie eine gute Hausfrau abgeben oder davon träumen würde, Lehrerin zu werden; natürlich nur, bis sie seine Kinder zur Welt brächte. So ein Mittelalter-Scheiß. Seine Eltern mochten nicht einmal Hendrix, und das wollte schon was heißen. Man konnte jeden einschätzen, indem man nach seiner Meinung zu Jimi fragte.

Ed plante, seinen Eltern zu erzählen, dass Heather selbstständig sei, und es dabei zu belassen. Er würde nicht erwähnen, dass er sie bei einer Razzia gegen Prostitution kennengelernt hatte, oder dass das erste Armband, das er ihr um das Handgelenk gelegt hatte, aus Stahl war. Manche würden vielleicht behaupten, dass der Beginn einer großen Liebesgeschichte unmöglich Prostitution und Beinahe-Unterkühlung beinhalten könne, aber sie würden sich irren.

Außerdem, wenn er Heather nicht in seinen Streifenwagen gesetzt hätte, hätte es eine der anderen Einheiten getan. Ein anderes Mal, ein anderes Mädchen, hätte er vielleicht anders reagiert, aber sie hatte geschnüffelt, so heftig geweint, dass er ihre Zähne klappern hören konnte. »Alles okay?«, hatte er gefragt. »Brauchst du einen Schluck Wasser oder ein Taschentuch?« Aber als er in den Rückspiegel des Streifenwagens blickte, waren ihre Wangen nass gewesen, ihre Hände rieben hektisch über ihre Arme, und ihm wurde klar, dass ihr Zittern mehr von der Kälte kam.

Heather streckte sich jetzt mit einem Geräusch, das halb Stöhnen, halb Miauen war, und kuschelte sich tiefer unter die Decke. Ed lächelte und ließ seinen Blick über ihre Schulter hinweg zu seiner Uniform auf dem Stuhl in der Ecke schweifen. Er konnte immer noch nicht glauben, dass er ihr auf dem Parkplatz des Supermarkts die Handschellen abgenommen und sie dann im beheizten Auto sitzen gelassen hatte, während er allein in den Laden ging. Als er mit einem dicken gelben Mantel zurückkam, füllten sich ihre Augen, und sie lächelte ihn wieder auf eine Weise an, die sein Herz viermal größer werden ließ, ihn größer fühlen ließ, als wäre er ein Held und nicht der Mann, der sie gerade zu verhaften versucht hatte. Sie hatten danach stundenlang geredet, sie flüsterte zuerst und schaute aus den Fenstern, als könnte sie allein fürs Sprechen in Schwierigkeiten geraten. Sie hatte ihm damals nicht gesagt, dass sie Gelb hasste – das hatte er erst später herausgefunden. Nicht dass es in diesem Supermarkt an der Autobahn eine Menge Optionen gegeben hätte.

Ed ließ seinen Blick verschwimmen, seine schwarze Uniform verschwamm auf dem Stuhl. Heather hatte ihm erzählt, dass sie noch nie so mit jemandem geredet hatte, so offen, so leicht, als würden sie sich schon ewig kennen. Allerdings hatte sie auch gesagt, es sei das erste Mal gewesen, dass sie auf den Strich gegangen war; die Chancen dafür waren gering, aber Ed war das egal. Wenn die Vergangenheit eines Menschen ihn definierte, dann war er ein Mörder; jemanden in Kriegszeiten zu töten, machte sie nicht weniger tot. Er und Heather fingen beide von vorn an.

Heather stöhnte wieder leise und rückte näher an ihn heran, ihre hellen Augen in der Dämmerung verschleiert. Er strich die einzelne mahagonifarbene Strähne weg, die an ihrer Stirn klebte, und verhakte dabei versehentlich seinen schwieligen Finger an der Ecke des Notizbuchs unter ihrem Kissen – sie musste wieder bis spät in die Nacht Notizen zur Hochzeit gemacht haben.

»Danke, dass du gestern mitgekommen bist«, flüsterte sie, ihre Stimme rau vor Schlaf.

»Kein Problem.« Sie hatten ihren Vater Donald zum Supermarkt gebracht, Donalds knorrige Finger zitterten jedes Mal, wenn Ed auf den Rollstuhl hinabblickte. Herzinsuffizienz, Arthritis – der Mann war ein Wrack, konnte seit über einem Jahrzehnt nicht mehr als ein paar Meter gehen, und nach allen Maßstäben sollte er jetzt nicht mehr am Leben sein; normalerweise raffte die Herzinsuffizienz ihre

Opfer innerhalb von fünf Jahren dahin. Ein Grund mehr, aus dem Haus zu kommen und jeden Tag zu genießen, sagte Heather immer. Und sie hatten es versucht, hatten ihren Vater sogar in den Hundepark mitgenommen, wo der Zwergpinscher des alten Mannes gekläfft und um Eds Knöchel herumgerannt war, bis Ed ihn hochhob und seinen flauschigen Kopf kraulte.

Er ließ sich neben ihr auf das Kissen sinken, und sie fuhr mit den Fingern über die harten Muskeln seines Arms und über seine Brust, dann kuschelte sie ihren Kopf an seinen Hals. Ihr Haar roch immer noch nach Weihrauch von der Kirche gestern Abend: würzig und süß mit dem bitteren Hauch von Verbranntem über dem Gardenien-Shampoo, das sie benutzte. Die Gottesdienste und Donalds wöchentliches Bingo-Spiel waren die einzigen Ausflüge, bei denen Petrosky sich entschuldigte. Irgendetwas an dieser Kirche störte Ed. Seine eigene Familie war nicht besonders religiös, aber er glaubte nicht, dass das das Problem war; vielleicht war es die Art, wie der Papst ausgefallene Hüte und goldene Unterhosen trug, während weniger Glückliche hungerten. Zumindest gab Pater Norman, Heathers Priester, genauso viel, wie er nahm. Zwei Wochen zuvor hatten Petrosky und Heather drei Müllsäcke voller Kleidung und Schuhe, die der Pater gesammelt hatte, zu dem Obdachlosenheim gebracht, in dem Heather ehrenamtlich arbeitete. Danach hatten sie auf der nun leeren Rückbank seines Autos Liebe gemacht. Welche Frau könnte einem alten Grand Am mit quietschenden Bremsen und einem Innenraum, der nach Abgasen stank, schon widerstehen?

Heather küsste seinen Hals direkt unter seinem Ohr und seufzte. »Daddy mag dich, weißt du«, sagte sie. Ihre Stimme hatte die gleiche raue Qualität wie die eisige Herbstluft, die draußen in den Zweigen raschelte.

»Ach, er denkt einfach, ich wäre ein guter Kerl, weil ich im Obdachlosenheim freiwillig arbeite.« Was Ed nicht tat. Aber Wochen bevor Ed den Mann kennengelernt hatte, erzählte Heather ihrem Vater, dass sie und Ed zusammen im Obdachlosenheim arbeiteten, und selbst nachdem er und Donald einander vorgestellt worden waren, hatte sie ihrem Vater nicht gesagt, dass sie zusammen waren. Er konnte das verstehen - der Mann war streng, besonders wenn es um seine einzige Tochter ging, ein weiterer Elternteil aus der »Wer die Rute schont, verzieht das Kind«-Ära. Wie Eds eigener Vater.

Eine Locke fiel ihr ins Auge, und sie pustete sie weg. »Er denkt, ihr beiden habt viel gemeinsam.«

Donald und Ed verbrachten die meiste Zeit damit, über ihre jeweiligen Einsätze in Vietnam und Kuwait zu reden, aber sie hatten nie genau besprochen, was sie dort getan hatten. Ed nahm an, dass dies ein weiterer Grund war, warum Donald Pater Norman mochte; der Priester war Soldat gewesen, bevor er der Kirche beitrat, und nichts machte Männer schneller zu Brüdern als die Schrecken des Schlachtfelds. »Ich mag deinen Vater auch. Und das Angebot steht noch: Wenn er einen Platz zum Bleiben braucht, können wir uns hier um ihn kümmern.«

Sie verlagerte ihr Gewicht, und der Duft von Gardenie und Weihrauch stieg ihm wieder in die Nase. »Ich weiß, und es ist lieb von dir, das anzubieten, aber das brauchen wir nicht.«

Aber irgendwann würden sie es tun müssen. Ein unbehagliches Gefühl kribbelte tief in Eds Hinterkopf, ein kleiner Eiszapfen, der sich bis ins Mark seiner Wirbelsäule ausbreitete. Donald hatte nach dem Krieg bei der Post gearbeitet, durch Heathers frühe Kindheit hindurch und durch den Selbstmord seiner Frau, aber sein Herz hatte ihn außer

Gefecht gesetzt, als Heather ein Teenager war. Der Mann hatte etwas Geld zurückgelegt, aber wenn Heather verzweifelt genug gewesen war, ihren Körper zu verkaufen, musste Donalds sorgfältig angelegtes Nest-Ei zur Neige gehen.

»Heather, wir könnten vielleicht-«

»Es wird ihm gut gehen. Ich spare schon, seit meine Mutter gestorben ist, nur für den Fall. Er hat mehr als genug, um sich zu versorgen, bis er ... geht.«

*Wenn sie all dieses Geld hat, warum geht sie dann auf den Strich?* »Aber-«

Sie bedeckte seinen Mund mit ihrem, und er legte seine Hand auf ihren unteren Rücken und zog sie fester an sich. War es die Art ihres Vaters, seine Unabhängigkeit zu bewahren, indem er in seiner eigenen Wohnung lebte? Oder war es Heathers? So oder so, seine Intuition sagte ihm, nicht weiter zu bohren, und das Militär hatte ihn gelehrt, auf sein Bauchgefühl zu hören. Ihr Vater war ein Thema, das Heather selten ansprach. Wahrscheinlich war das der Grund, warum Ed nicht gewusst hatte, dass seine Beziehung zu Heather ein Geheimnis war ... bis es ihm herausgerutscht war. Und am nächsten Tag war er von der Arbeit nach Hause gekommen, und Heathers Sachen waren in seinem Schlafzimmer. *Es ist perfekt für uns, Ed. Kann ich bleiben?*

*Für immer*, hatte er gesagt. *Für immer.*

Gingen sie zu schnell voran? Er beschwerte sich nicht, wollte keine lange, hinausgezögerte Werbung, aber es waren erst sechs Monate vergangen, und er wollte nie, dass Heather ihm denselben Blick zuwarf, den seine Mutter immer seinem Vater zuwarf: *Gott, warum lebst du noch? Stirb endlich, damit ich noch ein paar glückliche Jahre allein haben kann, bevor ich den Löffel abgebe.*

»Bist du glücklich hier?«, fragte er sie. »Mit mir?« Vielleicht sollten sie die Dinge ein wenig verlangsamen. Aber Heather lächelte auf ihre zuckende, spastische Art, und seine Brust wurde warm, der Eiszapfen in seiner Wirbelsäule schmolz. Er war sich sicher. Sein Bauchgefühl sagte: »Um Gottes willen, heirate sie endlich.«

»Glücklicher, als ich je gewesen bin«, sagte sie.

Ed küsste ihren Kopf, und als sie sich an ihn schmiegte, lächelte er im sanften Grau der Dämmerung. Alles roch süßer, wenn man fünfundzwanzig war und den aktiven Dienst im Sand hinter sich hatte, wenn einem noch alle Wege offenstanden. Er hatte einiges gesehen, das wusste Gott, und es kam immer noch nachts zu ihm: der Schrecken der neben ihm erschossenen Kameraden, der brennende Smog des Schießpulvers in der Luft, der beißende Geruch von Blut. Aber all das schien in diesen Tagen so verdammt weit weg, als hätte die Heimkehr ihn in jemand anderen verwandelt, in jemanden, der nie ein Soldat gewesen war - all dieser Militärscheiß war das Gepäck eines anderen.

Er fuhr die sanfte Kurve von Heathers Wirbelsäule nach und ließ den Porzellanschimmer ihrer Haut im dämmrigen Morgen die letzten Überreste der Erinnerung auslöschen. Selbst wenn die Straßen mit Matsch bedeckt waren, der einem die Zehen einfror, sobald man einen Fuß nach draußen setzte, wärmte ihn ihr Lächeln - dieses eigentümliche kleine Lächeln - immer auf.

Ja, dieses Jahr würde das beste in Eds Leben werden. Er konnte es spüren.

# KAPITEL ZWEI

Ed zündete sich eine Zigarette an und blies den Rauch aus dem frostigen Fenster, das trotz der eisigen Kälte einen Spalt geöffnet war. Patrick O'Malley runzelte trotzdem die Stirn, die schwarzen Augenbrauen in der Mitte seiner flachen Stirn zusammengezogen. Ed hatte immer gedacht, Iren wären rothaarig, aber dieser hier kam mit Haaren und Augen, die dunkler waren als die der Italiener.

»Willst du mich wieder wegen dem Rauch anmeckern?«, murmelte Ed.

»Heute nicht«, sagte Patrick zur Windschutzscheibe und kratzte sich an der Schläfe, wo der kleinste Hauch von Grau das Haar am Rand seiner Dienstmütze durchzog. »Ich warte bis morgen, um dir zu sagen, dass du wahrscheinlich an Lungenkrebs sterben wirst.«

»Die Ärzte haben meiner Mutter gesagt, sie soll rauchen, als sie schwanger war, weil es gut für sie wäre.« Ed zog tiefer an der Zigarette. Es ging wohl darum, ihr Gewicht niedrig zu halten, obwohl seine Mutter trotzdem ihre Abneigung gegen *sein* Rauchen zum Ausdruck gebracht hatte, und im Gegensatz zu Patrick hatte sie es auf eine Art gesagt, die Ed schuldig fühlen ließ, statt defensiv. Mütter waren gut darin, Schuldgefühle zu erzeugen, ohne es überhaupt zu versuchen – wie könnte man einer Frau je zurückzahlen, dass sie deinen fetten, schreienden Arsch in die Welt gepresst hat?

»Gesundes Rauchen ist so selten wie Hühnerzähne.«

*Verfluchter Ire.* Aber Ed war unter seiner Polizeiuniform nur Muskeln, und er lief fast jeden Morgen eine Stunde, ohne außer Atem zu kommen – bis er das nicht mehr konnte, würde er seine Tabakgewohnheit nicht überdenken. »Ich zeig dir gleich Hühnerzähne.« Er blies Patrick eine Lungenfüllung Rauch ins Gesicht, und der Mann kniff die Augen zusammen, runzelte die Stirn und kurbelte sein Fenster herunter.

»Du kannst dich von mir aus umbringen, aber nimm mich nicht mit!« Patrick schnüffelte heftig und wischte den winzigen Fleck weißen Pulvers unter einem Nasenloch weg. Ed sah weg. Koks hatte Patrick nie daran gehindert, seinen Job zu machen, und die Hälfte der Soldaten, die mit Ed im Ausland stationiert waren, hätten es nicht geschafft, wenn sie nachts nicht an der Nadel gehangen hätten.

»Dir wird schon nichts passieren, Paddy.«

»Es geht nicht um mich. Dein neuer Mantel wird nach Scheiße riechen, und du hast eine verdammte Stunde damit verbracht, ihn auszusuchen.«

Ed warf einen Blick auf die Tüte auf dem leeren Rücksitz hinter ihm – er hatte die Jacke zum Mittagessen mitnehmen wollen. Und in seinem Kopf hörte er Heathers Vater: »Wo hast du diesen Mantel überhaupt her? Ich dachte, du hasst Gelb.«

Sie war rot genug angelaufen, dass Ed wusste, es musste

stimmen. Aber Lila... sie liebte Lila. Er war sich nicht sicher, was den Stil anging, aber ein Mantel war doch ein Mantel, oder? *Vielleicht hat sie geweint, als du ihr den ersten gegeben hast, weil er einfach so verdammt schlecht war.* Sie hatte ihn ihre »Lieblingszitrone« genannt, nachdem er von ihrer Abneigung gegen die Farbe erfahren hatte. Jetzt bestellte Ed immer Zitronen in sein Wasser, nur um ihr Zucken der Lippe zu sehen.

»Dem Mantel wird schon nichts passieren.« Er wandte sich wieder nach vorne und starrte aus dem Fenster, schaute nach links und rechts nach kaputten Rücklichtern und Rasern, sah aber nur den Schnee, der sich an den Bordsteinen türmte, und einen einsamen Fäustling, der gefroren auf dem Gehweg lag. Wie machte Patrick das Jahr für Jahr? Der Mann war schon auf Streife gewesen, als Ed noch in der Mittelstufe war. Aber der alte Paddy hatte vielleicht auch die Nase voll davon; auf der Wache nannten sie ihn »Steinhoden« nach dem Namen irgendeiner Kanone – eine wilde Kanone –, obwohl der Ire noch freundschaftlich genug mit den Chefs umging, um mit verschwundenen Akten oder Verdächtigen, die jammerten, Paddy hätte die Handschellen zu fest angelegt, davonzukommen. Ed seufzte eine tabakgeschwängerte Wolke in die kalte Luft und schloss das Fenster gerade, als die Reifen Matsch aus der Gosse aufwirbelten und verschmutzten Schnee gegen die Scheibe spritzten. Widerlicher Tag. Und er würde noch widerlicher werden. Vielleicht.

Ed räusperte sich. »Wir gehen später in diese Fettbude in der Gratiot«, sagte er, und Patrick runzelte die Stirn, bis Ed hinzufügte: »Heather wird da sein.«

Jetzt hob Eds Partner eine Augenbraue. »Ich lerne endlich dein Mädchen kennen, was?«

Ed nickte, anstatt zu antworten – sein Mund war zu trocken zum Sprechen geworden. *Wir sollten warten.* Er hatte noch nicht einmal einen Ring gekauft, aber Donald hatte ihn in der Nacht, als sie ihm sagten, dass sie auszog, so hart angestarrt, dass Ed ihr den Moment, als sie wieder allein waren, einen Antrag machte. Der Kerl war wahrscheinlich stinksauer, dass sie zusammengezogen waren, ohne vorher vor Gott ihre Gelübde abzulegen, aber Donald wusste von allen am besten, dass gute Liebesgeschichten am Anfang nicht perfekt waren... oder am Ende. Heathers größte Angst war, wie ihre Mutter zu enden, mit einer Waffe in der Hand und einer Kugel im Kopf. Aber diese Geschichte würde nicht so enden.

Patrick lächelte, ein schiefes Grinsen, das Ed als irisch selbstgefällig empfand. »Wurde auch verdammt Zeit, dass ich die Frau kennenlerne, die du versteckt hast.«

Eds Magen verkrampfte sich. *Ich hätte ihm früher von Heather erzählen sollen, reinen Tisch machen sollen wegen der Straßenstrich-Sache.* Nein, es hatte keinen Sinn, sie unnötig in Verlegenheit zu bringen, und sie hatte keine Vorstrafen – Patrick würde keine Ahnung von ihrer Vergangenheit haben. Sie sagte sowieso, sie wäre nur einmal auf den Strich gegangen. Aber würde das für seinen Partner einen Unterschied machen? Oder die Tatsache, dass Heather in ihrer Highschool-Leichtathletikmannschaft war, dass sie eine Einserschülerin gewesen war, dass sie jede Woche stundenlang ehrenamtlich im Obdachlosenheim arbeitete? Jede Frau, die Patrick bei dieser Razzia aufgegriffen hatte, war in einer Zelle gelandet – Patricks scheinheiliger irisch-katholischer Arsch würde bestimmt etwas dazu zu sagen haben, dass Heather eine –

Das Funkgerät knackte; Zehn-Fünfundfünfzig. Betrunkener Fußgänger. Patrick hielt an einer Ampel – dieser

## RETTUNG

Anruf war zu lahm, um die Sirene zu rechtfertigen – und Ed beobachtete, wie eine weggeworfene Plastiktüte durch die kalte graue Luft wirbelte und auf einer Schneewehe landete. Er seufzte erneut. »Wenn du alles sein könntest...«, hatte Heather ihn in der Nacht gefragt, als sie sich kennenlernten, ihre Augen glänzten im grellen weißen Licht des Supermarktparkplatzes. »Ich meine... denkst du, du wirst für immer Polizist sein?«

Nein, das dachte er nicht, aber er hatte das noch nie laut ausgesprochen – zu niemandem. »Ich bin ein ziemlich guter Schütze«, hatte er ihr gesagt. »Vielleicht lässt mich die Akademie eines Tages unterrichten.« Und nach einer Pause hatte er sie auch gefragt: »Was willst du mit dem Rest deines Lebens machen?«

»Ich habe Tiere schon immer geliebt. Vielleicht werde ich Tierärztin. Oder leite einen Zoo. Züchte Tauben.« Und er konnte es sehen, die Tauben, sah sie auf einer Parkbank sitzen und dieses zuckende kleine Lächeln zeigen, während die Vögel um sie herum schwärmten. Wie Mary verdammt nochmal Poppins, nur süßer.

Ed verschränkte die Arme vor seinem Waschbrettbauch und beobachtete den Matsch durch das Beifahrerfenster. Scheiße, er sollte stattdessen einer dieser Fitnesstrainer werden – Pfannkuchen jeden Morgen war der Weg, auf dem seine Großmutter abgetreten war. Herzinfarkt mit fünfundfünfzig. Verdammte Schande. Mit fünfundfünfzig würde er in irgendeiner kinderfreundlichen Nachbarschaft in seinem Esszimmer Kaffee trinken, Heathers Lippe würde über einem Tisch ohne Spitzendecke oder irgendeine andere Abdeckung zucken, weil sie die Dinge so akzeptieren würden, wie sie waren, Narben und alles. Vielleicht würden er und Heather die neue Freundin ihres eigenen Sohnes darüber ausfragen, was sie werden wollte, wenn sie groß war. Ed mochte den Gedanken, dass er und Heather dem Schwarm ihres Kindes einfach ein Getränk anbieten und keine Arschlöcher deswegen sein würden, aber er würde definitiv fragen, ob sie Hendrix mochte. Manchmal war die Antwort auf eine Frage alles, was man brauchte.

# KAPITEL DREI

Patrick riss an der Türklinke, und eine Welle stickiger Hitze aus dem Inneren des Restaurants schlug Ed ins Gesicht, begleitet vom köstlichen Gestank brutzelnden Specks. Er hielt seinen Blick geradeaus und nicht auf seinen Partner gerichtet. Und straffte die Schultern. Falls Patrick sie erkennen sollte ... nun, es war nicht illegal, eine Frau mit fragwürdiger Vergangenheit zu heiraten, und genau das würde er sagen, wenn jemand versuchen sollte, ihm Ärger zu machen.

»Wo ist sie denn nun?«

Ed sah sich um. Zwei Trucker saßen hinten, einer starrte rauchend aus dem Fenster, der andere beugte sich in der schützenden Haltung eines Ex-Häftlings über seinen Teller und schaufelte Chili Fries in sich hinein. Zwei ältere Damen saßen in der anderen Nische, beide mit steifen Locken in einem bläulichen Farbton – mussten gerade vom Friseur gekommen sein.

Ed deutete auf die nächstgelegene blau Gelockte. »Da ist sie, die rechts«, sagte er und winkte, als die Frauen in seine Richtung blickten.

Patrick schnaubte. »Du Halunke.«

Ed wandte sich zur anderen Seite des Restaurants – *da*. Sie saß am Tisch in der hintersten Ecke, ihr knallgelber Rücken ihm und Patrick zugewandt, die Schultern hängend. Der Mantel war tatsächlich ein wenig geschmacklos, jetzt, wo er genauer hinsah. Er umklammerte die Kaufhaustüte fester.

Heather drehte sich um, als sie sich näherten, und Ed versteifte sich, selbst als er sich vorbeugte, um sie zu küssen. Er versuchte zu erspüren, ob Patrick sie in ihren Jeans und dem Pullover wiedererkannte, ein goldenes Kreuz am Schlüsselbein – weit entfernt von dem Rock und den High Heels, in denen er sie aufgegriffen hatte, obwohl das Outfit nicht einmal so schäbig gewesen war, wirklich. Vielleicht hätte er ihr geglaubt, dass sie in einen Club oder zum Essen ging, wenn es nicht Dienstagabend gewesen wäre – und wenn sie nicht zwei Straßen weiter einen Prostitutionseinsatz gehabt hätten. Hätte sie es einfach abgestritten, ihm irgendeine andere Ausrede gegeben, warum sie mitten in der Nacht durch ein bekanntes Prostituiertenviertel spazierte, hätte er sie gar nicht erst mitgenommen. Aber sie hatte es nicht abgestritten, nicht einen Moment lang. Hatte eigentlich gar nichts gesagt ... bis später.

Er hielt ihr die Tüte hin. »Oh, also ... ich hab dir was mitgebracht.«

Sie spähte hinein, eine Augenbraue hochgezogen, ihr Mundwinkel zuckte. Aber als sie wieder seinen Blick traf, lachte sie offen. »Das hättest du nicht tun müssen, Ed. Mein Dad sagt einfach so Sachen –«

»Ich hoffe, er gefällt dir.« Hasste sie diesen genauso sehr? Aber – gute Nachricht – sie schlüpfte bereits aus diesem gelben Ungetüm und in die neue lila Jacke, ihre Lieblingsfarbe, wenn auch nicht ihr Lieblingsfarbton, etwas, das sie »Flieder« nannte. Dieser Mantel war lila wie ein blauer Fleck. War das schlecht? Oder hatte blaues-Fleck-Lila einen besseren Namen, den er nicht kannte?

Patrick räusperte sich, und Eds Schultern verspannten sich wieder; er hatte seinen Partner fast vergessen. »Heather, Patrick. Patrick, Heather.«

»Hey«, sagte Patrick und ließ sich auf einen Sitz gegenüber von Heather gleiten, die errötete, aber nur nickte. Sie schien ihre Stimme verloren zu haben. »Klingt, als hättest du meinen Partner hier auf eine höllisch schnelle Fahrt mitgenommen.«

Ed blickte hinüber, als er sich neben sie setzte, und da *war* doch ein Funke des Erkennens in Patricks Augen, oder? Oder bildete Ed sich das ein? Heather errötete und senkte ihre grauen Augen auf ihren Schoß, und Ed legte seine Hand auf ihre. Immer noch so ängstlich. Wie hatte sie die Schule überstanden? Aber sie hatte es ihm erzählt: Sie hatte Mobber und Jungs gemieden, indem sie den Mund hielt und die Nase in die Bücher steckte. Sie hatte einmal gescherzt, dass es niemandem aufgefallen wäre, wenn ihre Lippen zusammengenäht gewesen wären.

»Ich schätze, die Dinge gingen ein bisschen schnell«, sagte sie zum Tisch, ihre Stimme zitterte. *Sie kennt ihn.* Aber vielleicht auch nicht – wie viel davon war Angst und wie viel ... bedeutete etwas?

»Hey, ich urteile nicht.« Eine verdammte Lüge. Patricks Gesicht war eine Maske: still und wachsam, der gleiche Blick wie wenn er jemanden beim zu schnellen Fahren erwischte, oder beim Überqueren der Straße bei Rot, oder beim Verprügeln seiner Freundin.

Die Kellnerin kam, aber Ed sah die Frau kaum an, als er bestellte – obwohl er daran dachte, Wasser mit Zitrone zu bestellen, nur um Heathers Mundwinkel nach oben zucken zu lassen. Patrick war in seiner dritten Ehe. Er hatte kein Recht zu urteilen. *Worüber mache ich mir überhaupt Sorgen?* Es war ja nicht so, als würde Patrick ins Büro des Chefs marschieren und Ed verpetzen, während er selbst Kokain direkt unter der Nase hatte.

Nachdem die Kellnerin gegangen war, fing Heather Eds Blick auf – *Können wir jetzt gehen?* Patrick schien es nicht zu bemerken, denn er sagte: »Was machst du heute Abend, während ich deinen Verlobten bei dem aufziehenden Sturm durch die Gegend schleppe?«

Heather zuckte mit den Schultern und hielt ihren Blick auf den Tisch vor ihnen gerichtet. Donald hatte ihm erzählt, dass sie als Kind vor Leuten weggelaufen war, die sie begrüßten. Seltsam, dass sie dachte, sie würde da draußen auf der Straße auch nur einmal klarkommen – Scheiße, war es wirklich nur einmal gewesen? Er hätte von Anfang an mehr Fragen stellen sollen, zumindest fragen sollen, warum sie es getan hatte, aber jetzt war es zu spät, es ihr an den Kopf zu werfen. Wenn es ihn wirklich interessiert hätte, hätte er schon vor Monaten fragen sollen.

Patrick verengte seine Augen zu Schlitzen, als er sie ansah, dann Ed, und Eds Lungen verkrampften sich – *jetzt ist es so weit* – aber Heather räusperte sich, und Patricks Ausdruck wurde weicher.

»Ich erledige nur ein paar Besorgungen für meinen Dad«, sagte sie. »Dann habe ich ein Treffen.«

Ein Treffen. Sie war immer auf der Suche nach guten Angeboten für Hochzeitsgeschenke und Kuchen und sogar Servietten, obwohl sie nur eine Party für die anderen Freiwilligen aus dem Tierheim und die Leute aus der Kirche veranstalteten – für ihren Vater eigentlich, mehr als für sie. Ed wäre glücklich gewesen, einfach in Uniform zum Standesamt zu gehen. Würde sie ihn einen Smoking tragen lassen?

»Grüß deinen Dad von mir«, sagte Ed. Ed blickte auf ihre Stiefel, ihre winzigen Füße, ein Absatz um das Stuhlbein gehakt. Wippend. Immer noch nervös. Er berührte ihren Arm, aber sie reagierte nicht. Hatte sie aufgehört zu atmen?

»Heather?«

Endlich wandte sie ihren Blick wieder ihm zu. »Ich liebe den Mantel.«

»Oh ... gut.« Aber das hätte sie auch gesagt, wenn sie ihn gehasst hätte. Er winkte der Kellnerin. »Kann ich noch etwas mehr Zitrone für mein Wasser bekommen?«

Diesmal lächelte Heather nicht.

## KAPITEL VIER

Der Abend zog sich wie Kaugummi dahin. Sie notierten kaputte Rücklichter, hielten Raser an und beantworteten Anrufe wegen »verdächtiger Personen«, die sich als Leute entpuppten, die einfach nur von der Arbeit nach Hause gingen – anscheinend sah jeder in einer Parka verdächtig aus.

Um halb zehn knackte das Funkgerät durch das unaufhörliche Trommeln der Finger des Iren auf dem Lenkrad und das *Klatsch, Klatsch, Klatsch* der Scheibenwischer gegen den eisigen Schnee. »Zehn-dreißig-acht, schwarzer Ford Pickup, Ecke Mack und Emmerson.«

Ed richtete sich auf seinem Sitz auf und kniff die Augen zusammen, um durch die Nacht zu spähen. Vor ihnen lag ein Partyladen, eine Tankstelle, ein Fast-Food-Restaurant – alles verschwommen hinter dem Schleier des fallenden Schnees. Mack und Emmerson. Drei Blocks von der Stelle entfernt, wo er Heather getroffen hatte, und direkt gegenüber der High School vor einem Park, der in den letzten Tagen zum Treffpunkt für Drogendealer geworden war. Ed beobachtete Patricks Gesicht im Schein der Straßenlaternen. Sein Partner hatte seit dem Mittagessen kaum drei Worte gesagt, aber die Straße um sie herum – so nah an der bekannten Rotlichtzone – flüsterte Ed praktisch in die Ohren: *Frag ihn, frag ihn.* »Bist du sicher, dass du Heather noch nie vorher getroffen hast?« In dem Moment, als die Worte seine Lippen verließen, wünschte er, er könnte sie zurücknehmen. Patrick war kein Dummkopf.

Patrick hielt seinen Blick auf die Windschutzscheibe gerichtet, aber sein Kiefer spannte sich an und seine Finger verkrampften sich am Lenkrad. »Hätte ich das denn?«

*Ich sollte ihm einfach von Heather erzählen. Es offen ansprechen.*

*Nein, das wäre dumm.*

»Nee, aber du sahst irgendwie aus, als würdest du sie erkennen.« Und sie schien nervös gewesen zu sein in Patricks Gegenwart – besonders nervös. Oder bildete er sich das nur ein?

Patrick schnaubte hart und machte dann eine viel zu lange Pause. »Ich hab sie vielleicht mal in der Kirche gesehen«, sagte er. »Geht sie nach St. Ignatius?«

St. Ignatius. Donalds Kirche, Heathers Kirche. Patrick war angeblich jeden Sonntag mit seiner jetzigen Frau dort; Heather ging normalerweise samstags mit ihrem Vater hin, aber sie könnten sich irgendwann in der Vergangenheit über den Weg gelaufen sein. Warum war er nicht selbst darauf gekommen? *Weil du nur einmal mit ihr dort warst – du hättest die Kirche nicht mal selbst benennen können.*

Er schielte zu seinem Partner rüber, und als Patrick sich nicht umdrehte, blickte Ed aus dem Fenster auf den Schnee, der die Bürgersteige einhüllte. »Ja, sie geht nach St. Ignatius.«

»Das erklärt's.«

Aber wenn Patrick Heather dort getroffen hatte, warum

hatte er es dann nicht beim Mittagessen erwähnt? Wäre das nicht der perfekte Gesprächsaufhänger gewesen? *Hey, wir stehen beide auf Kreuzigung und Beichte, lass uns Kumpels sein!* Aber... egal. Ed wollte dieses Gespräch sowieso nicht führen, denn wenn Patrick sie *doch* von woanders kannte...

Patrick bog in die Emmerson ein, und Ed verengte die Augen auf den Schulhof zu ihrer Rechten und den Park zu ihrer Linken. Der Pickup stand zwischen diesen Wahrzeichen auf der Straße, sein Motor brummte in der ansonsten stillen Straße, Abgasschwaden quollen aus dem Auspuff und schmolzen den Schnee darunter zu einer glänzenden Pfütze. Der Truck war nicht schwarz, sondern ein dunkelblauer F-Serie, total zerkratzt und ohne Nummernschild – wahrscheinlich gestohlen oder zumindest nicht angemeldet – mit einem zerfetzten Aufkleber, dessen vordere Hälfte abgerissen war. Die Teilwörter starrten sie im gelblichen Schein der Straßenlaterne an: *OD* in einer Zeile, *FTS* darunter. Ed kniff die Augen zusammen und spähte durch die fallenden Flocken auf die Heckscheibe des Trucks. Ein Insasse, soweit er sehen konnte, der Hinterkopf des Fahrers eine Silhouette in ihren Scheinwerfern, als Patrick den Streifenwagen ruckartig in den Parkmodus schaltete und das Blaulicht einschaltete. Ein einzelnes Sirenengeheul durchschnitt die Nacht.

Die Fahrertür flog auf, und Ed legte eine Hand an seine Waffe, das Metall eine kalte, aber beruhigende Präsenz, als der Insasse des Trucks mit erhobenen Händen ausstieg.

*Oh Scheiße.*

Eds Finger umklammerten die Waffe fester.

Blut streifte die Arme des Mannes, bedeckte seine Finger und umgab seine Handgelenke, durchtränkte den Bauch seiner grauen Jacke, als hätte ihn jemand in den Magen gestochen. Und unterhalb des Gürtels... khakifarbene Hose, glänzende braune Schuhe, alles mit Karmesinrot verschmiert. Die Knie seiner Hose waren ebenfalls dunkelrot, als hätte er in dem Schlamassel gekniet, ein abstraktes Gemälde aus den Körperflüssigkeiten eines anderen. Und seine Hände, die Handflächen neben den Hüften ausgebreitet... er zitterte so stark, dass Ed halb dachte, der Dreck könnte wie Wassertropfen von einem Hund nach dem Bad von seinem Körper geschüttelt werden. Ed blickte zum Schulhof hinüber, als erwarte er, dass ein Kind mit Schulranzen auftauchen und ins Kreuzfeuer geraten würde, aber die Schule blieb still, der Rasen leer und weiß bis auf ein paar frische Abdrücke im Pulverschnee.

»Was zum Teufel?«, murmelte Patrick. »Wir brauchen vielleicht einen Krankenwagen.«

Ed blinzelte, die schneeumhüllte Welt verschwamm und verschwand, und plötzlich war er wieder am Golf, und sein Kamerad – sein bester Freund – lag mit dem Gesicht nach unten im Sand, eine Seite seines Kopfes fehlte, Gehirn und Knochen glänzten in der Wüstensonne. Sein Herzschlag hämmerte in einem hektischen Rhythmus. Er blinzelte erneut, und der Schnee kehrte zurück, zusammen mit dem blutigen Mann, der neben dem Truck stand. Wenn dieser Horrorfilm von einem Mann so viel Blut verloren hätte, könnte er unmöglich mit diesem starren Blick dastehen. Sollten sie Verstärkung rufen oder nur den Krankenwagen? Verdammt, vielleicht beides. Aber Patrick hasste es, Verstärkung anzufordern, wenn sie sich nicht sicher waren, dass sie sie brauchten, und wie viele Leute brauchte man, um einen möglicherweise verletzten Typen festzunehmen?

Ed öffnete den Mund, um etwas zu sagen, er wusste nicht was, aber Patrick hatte bereits seine Autotür aufgerissen, die Füße auf dem Pflaster, und steuerte auf den Mann mit dem toten Blick zu – und bewegte sich viel zu schnell.

*Scheiße, ist Patrick high?* Patricks Waffe glitzerte im Licht der Straßenlaternen, Schneeflocken klebten am Lauf. Er blieb in der Nähe der Ladefläche stehen. »Hände hoch! Langsam umdrehen!« Ed stieg ebenfalls aus dem Auto und folgte seinem Partner, in der Hoffnung, dass sie das Richtige taten. *Wir hätten es zuerst melden sollen. Wir hätten es melden sollen.*

»Umdrehen!«, schrie Patrick erneut.

Der Mann starrte nur. Warum stand der Typ einfach da? Vielleicht war er derjenige, der high war. Dann gingen seine Hände hoch, auf Hüfthöhe, immer noch zitternd. Schulterhoch. Sein Gesicht blieb ausdruckslos, stumpf und tot. Dann hob er eine Augenbraue, als sei er verwirrt darüber, wer sie waren und warum sie dort waren, seine Augen zuckten nach links, rechts, hinter sie, über seine eigene Schulter–

*Das kann nicht gut sein.*

Patrick muss die Veränderung in der Atmosphäre ebenfalls gespürt haben, denn er spannte seine Waffe und zielte. »Keine Bewegung!«

Der Mann blieb regungslos stehen, die Hände in der Luft. Ein Stück von etwas Glänzendem, Nassem rutschte zwischen zwei Fingern hindurch und lief seine Handfläche hinunter, fiel dann mit einem nassen *Platsch* in den Matsch zu seinen Füßen.

»Auf den Boden, Hände hinter den Kopf!«, brüllte Patrick, sein irischer Akzent kam jetzt mehr als üblich durch und verwandelte »hinter« in »hinda«. Wenn Ed nicht schon seinem Herzen im Hyperdrive gelauscht hätte, hätte er jetzt angefangen zu paniken.

Der blutige Mann legte seine Hände quälend langsam hinter die Ohren, als würden sie einen Film in Zeitlupe sehen. Als ob der Mann ... Zeit schindete. Aber wofür? Es sei denn, er *wartete - Oh, Scheiße.* Der Typ drehte seinen Kopf ganz leicht zur offenen Fahrerkabine des Pickups ... und lauschte. Jemand anderes war da drin.

»Vorsicht, Patri-«

*Peng!*

Ed hechtete in Deckung, während Patrick sich umdrehte, als hätte die Kugel selbst ihn gepackt und herumgeschleudert. Er landete mit einem nassen Platsch einen Schritt vor der Stoßstange des Streifenwagens im Matsch.

Ein weiterer *Knall!* zerriss die Nacht, und Ed huschte um das Auto herum und duckte sich hinter die offene Fahrertür, wobei er seine Waffe hob. Der blutige Fahrer sprang in den Truck, als ein dritter Schuss Splitter von Asphalt an Eds Ohr vorbeischickte. Aus diesem Winkel konnte er die Silhouette von jemandem sehen, der vom Beifahrersitz durch das Schiebefenster schoss. Der winzige Schimmer eines Metalllaufs war jetzt durch den Spalt im Fensterrahmen sichtbar, und da war auch das gelbe Glitzern in den Augen des Schützen. Aber der Rest seines Gesichts war dunkel, zu dunkel, und es reflektierte das Licht nicht wie Haut - eine schwarze Skimaske.

»Patrick!« Eds Stimme wurde vom Knirschen von Eis und Schnee unter Gummi verschluckt, als der Truck davonraste. Sein hämmerndes Herz fühlte sich an, als würde es Lava statt Blut durch seine Adern pumpen. Ed kroch zu seinem Partner, der eiskalte Asphalt brannte durch seine Hose auf den Knien. »Patrick!« Der Pickup quietschte um die Ecke.

Der große Mann rollte sich herum und zog sich in eine sitzende Position, stöhnend. »Mann, scheiß auf den Typen.« Dann übergab er sich in den Matsch und hielt dabei seine Hand über seinen Bizeps.

»Ich geb's durch«, sagte Ed und rappelte sich auf, aber Patrick packte Eds Uniformjacke mit seiner guten Hand.

»Nur 'ne Fleischwunde.« Patrick stemmte sich auf die Knie, kämpfte sich auf die Füße und taumelte zum Auto.

*Heißsporn, nennen sie ihn. Deshalb also.* Die Iren waren mutig.

»Du fährst«, bellte Patrick. *Du foahrst.* »Die Arschlöcher kommen davon, wenn wir auf einen Krankenwagen warten.« Dem konnte Ed nicht widersprechen, und es stand ihm nicht zu, seinem Partner eine Chance auf Gerechtigkeit zu verwehren - außerdem hatte er in Übersee schon Leute mit weit schlimmeren Verletzungen herumlaufen sehen.

»Diese Bastarde«, murmelte Pat, als sie ins Auto glitten. »Haben uns in einen Hinterhalt gelockt ... als hätten sie auf uns gewartet.« Er stöhnte, aber gestikulierte mit seiner guten Hand zur Frontscheibe in die Richtung, in die der Truck verschwunden war. »Los, schnapp sie dir, verdammt noch mal!«

Während Patrick ins Funkgerät bellte, raste Ed über das Eis und folgte den Reifenspuren im immer noch fallenden Schnee. Eine Straße runter, scharf rechts, dann eine weitere Straße runter, die schnell verblassenden Reifenspuren im Blick. Aber sie verloren die Abdrücke, als sie auf die Hauptstraße einbogen, wo Salz bereits die frischeste Schneeschicht weggefressen hatte.

»Scheiße«, murmelte Patrick. »Die Autobahn ist einen halben Kilometer in der Richtung, aber er könnte uns schon 'ne Weile vorher ausgetrickst haben.« Er wischte sich den Nacken mit der Manschette seiner Jacke. Seine Stirn glänzte vor Schweiß.

Ed spähte die Straße rauf und runter, aber der gesalzene schwarze Asphalt bot nichts. Irgendwo in der Ferne näherten sich Sirenen, die wahrscheinlich die anderen Seitenstraßen abdeckten. Ed zögerte mit dem Fuß über dem Gaspedal und stellte sich die Abdrücke im Schnee vor der Schule vor. Waren sie frisch gewesen? Mussten sie sein. Seine Hände umklammerten das Lenkrad, das Wischen der Scheibenwischer im Takt seines Herzschlags.

»Patrick?«

Sein Partner drehte sich zu ihm, die Augen vor Schmerz und Wut zusammengekniffen.

»Er hat sich verdammt schnell bewegt für jemanden, der so viel Blut verloren hat.«

»Ja, er bewegte sich nicht, als wäre er verletzt.« Patrick schüttelte den Kopf. Die Straßenlaterne warf bernsteinfarbenes Licht auf die Schneehaufen. »Es könnte Schock gewesen sein, aber ...«

Hätte Schock sein können, war es aber nicht. Das war zu viel Blut für einen Mann, um es zu verlieren und noch bei Bewusstsein zu sein, und die Flecken hatten sich nicht ausgebreitet, während sie sich gegenüberstanden. Ed blickte in den Rückspiegel auf die weiße Straße hinter ihnen, ihre Reifenspuren schon halb verborgen unter dem fallenden Schnee. »Wessen Blut, glaubst du, war an seiner Hose?«

Patrick wandte sich wieder zum Fenster und stöhnte.

# KAPITEL FÜNF

Die Straße war jetzt ruhig und still, die Straßenlaterne reflektierte den weißen Schein. Die verschneite Stelle, wo Patrick zusammengebrochen war, war rosa verfärbt, aber die meisten Spuren ihrer Anwesenheit – die Reifenspuren, ihre Fußabdrücke – waren durch den fallenden Schnee verwischt worden.

Genau wie die Abdrücke vor dem Schulhof... und das waren diejenigen, die ihm Sorgen bereiteten. Sie waren erst kürzlich gemacht worden, da war er sich sicher – sonst wären sie vom Sturm bedeckt worden.

Es gab einen Grund, warum dieser Mann hier gewesen war, einen Grund, warum er mit Blut bedeckt war, einen Grund, der dort liegen musste, wo diese Spuren endeten, außer Sichtweite hinter der Schule – ein einsamer Ort ohne viel Risiko für Zuschauer. Und wenn dieser Grund noch am Leben war...

Ed parkte auf der Straße und riss die Tür auf, und dann liefen sie los, über die Straße zur Schule, den schnell verschwindenden Abdrücken folgend. Drei Sätze von Abdrücken, konnte er jetzt sehen, und einer kleiner als die anderen, eine Frau oder ein Kind, obwohl es unmöglich zu sagen war, ob sie kamen oder gingen.

Die Fußspuren bogen am Maschendrahtzaun der Schule nach links ab, dann um die Seite des Gebäudes, und hier konnten sie Rosa unter dem neueren Schneefall sehen. Nicht gut. Bei so viel Blutverlust war es unwahrscheinlich, dass die dritte Person hier herausgelaufen war. Sie konnten nur hoffen, das Opfer zu finden, bevor es zu spät war.

Ed und Patrick bahnten sich einen knirschenden Weg neben den Abdrücken, ihr Atem zischte aus ihnen wie die hektischen Flüstern von Geistern. *Bitte lass es kein Kind sein.* Ein Crack-Baby war genug für ihn, und dieses Kind hatte *überlebt*. Er hatte das Kind aus einem Müllcontainer hinter der Mittelschule gezogen, zitternd, hilflos, so weit über das Weinen hinaus, dass es Ed das Herz brach. Sogar Eds kleiner Bruder Sammy – mit sechs Monaten an irgendeinem genetischen Scheiß gestorben, den er nicht benennen konnte – hatte geschrien, bis sein Herz endlich, gnädigerweise, aufgehört hatte.

Sie bogen um die Seite der Schule und verlangsamten, Ed hielt seine Waffe vor sich, die Augen schweiften nach links und rechts über die weiß verkrustete Landschaft. Die Schatten hier waren tiefer, die Straßenlaternen vom wuchtigen Gebäude ausgelöscht – selbst der Mond war unter den Sturmwolken verborgen, die Dunkelheit so bedrückend und gewalttätig, dass es sich anfühlte, als würden die Schneeflocken, die sich stark gegen das Schwarz abhoben, weniger zur Erde fallen und mehr auf sie zukommen. Neben Ed schaltete Patrick seine Taschenlampe ein, aber der Strahl drang kaum durch den Sturm. Flocke um Flocke preschte aus dem Düster auf sie zu. Das Licht zitterte, als Patrick den Schein über das Footballfeld hin und her bewegte. Torpfosten stachen zu beiden Seiten der riesigen weißen Fläche in den Himmel, aber keine Tribünen – sollten da nicht Tribünen sein? Das Licht zitterte wieder.

»Alles klar bei dir, Pat?«

»Nur ein Kratzer, hab ich dir doch gesagt, du Holzkopf.« Das Licht hielt inne. »Geradeaus... siehst du das?«

Frostwolken von zwischen ihren Lippen teilten die schneeverstopfte Luft vor ihnen; es war schwer, irgendetwas jenseits des wirbelnden Weiß zu sehen. Ed kniff die Augen zusammen. Nein, da *war* etwas: etwa hundert Meter entfernt, ein Streifen Lila, sichtbar über der Schneelinie.

Das quietschende Knirschen ihrer Schuhe und Eds Atem beschleunigten sich beide, als sie sich dem hinteren Teil des Feldes näherten. Auf den Körper zu – definitiv ein Körper, da war er sich jetzt sicher, denn die aufgehäufte Form war richtig –

Ed erstarrte.

*Nein.*

Er rannte, rannte härter als je zuvor in seinem Leben, sein Atem hektisch, die Lungen schreiend, die Beine brennend, Kälte biss in seine Wangen, und er fiel auf die Knie und tauchte seine Hände in den Schnee, grub, grub mit tauben Fingern. Ihre Hände tauchten zuerst auf, schlaff und bereits halb gefroren, und dann zerrte er an ihrem neuen lila Mantel, zog den Rest von ihr unter der eisigen weißen Decke hervor, ihren Pullover, ihre Jeans, ihre Stiefel.

Der Rest der Welt verschwand, eingesaugt in das unerbittliche Weiß. Eistornados stachen in sein Gesicht, versuchten, winzige Stücke seines Fleisches abzuschneiden. Und irgendwo in dieser Hölle hörte er eine Stimme stöhnen: »Nein, bitte, Gott nein, bitte«, immer und immer wieder.

Ihre Lippen waren blau. Ed verließ der Atem, sein

Herz zuckte in seiner Brust, zuckte und zitterte nicht so, wie Heathers Mund es zu tun pflegte, bevor ihre Lippen still und kalt wurden – nein, dies war tief und schmerzend und schrecklich. Eis klammerte sich an ihre Wimpern, und ihr Gesicht... die Knochen sahen irgendwie verzerrt aus, aber er konnte nicht sagen, ob es das spärliche Licht war oder ob sein schwankendes Sehen von dem Unglauben und der Trauer und dem Kummer und der Wut kam, die in seinem Gehirn hin und her flackerten.

»Nein, bitte, Gott, nein, bitte.«

Die Stimme... sie war von ihm, wimmernd durch die Nacht. Und als er nach einem Puls fühlen wollte, war ihre Haut glitschig, also zog er sie näher und legte seine Hand an ihren Hinterkopf und berührte etwas Schleimiges, nicht ihren Kopf, nicht ihr Haar, nicht die perfekte runde Form ihres Schädels, wenn sie an seiner Schulter lag und ihn festhielt. Er bewegte seine Hand nach links, spreizte seine Finger, fühlte – *nein, meine Finger sind nur taub, das muss es sein* – aber es war echt: eine leere Stelle, weit wie eine Höhle, und Schleim, der Schleim, der Schleim, und scharfe Kanten... eine zackige Krone aus zersplittertem Knochen.

Patrick kniete neben ihm nieder und bekreuzigte sich, Stirn, Brust, Schulter, Schulter. »Jesus, Maria und... Ed, ist das...?«

Der Mann auf der Straße war mit Heathers Blut bedeckt gewesen – Heathers Gehirn. Sie war tot gewesen, bevor Patrick angeschossen wurde, bevor sie den Tatort nach diesen Männern im Truck verlassen hatten. Er hatte nie eine Chance gehabt, sie zu retten.

## KAPITEL SECHS

Ed saß auf der Bettkante, die Füße auf dem Boden, und starrte auf sein Kissen. Vom Nachttisch aus lag ihr Notizbuch, das Buch, das ihre Träume für ihre Hochzeit enthielt, verlassen da, vermisste ihre Berührung, vermisste ihre Stimme, vermisste... sie.

*Warum? Warum?* Falscher Ort, falsche Zeit? Nur irgendein verrückter Arsch auf der Suche nach jemandem, dem er wehtun konnte? Warum musste es sie sein? Die Gedanken rasten in Eds Kopf umher, aber ohne Antworten, die ihr hektisches Tempo beruhigen konnten, vermischten sie sich nur, verdrehten sich ineinander, bis er kaum noch die Worte ausmachen konnte, geschweige denn ihre Bedeutungen. Doch auch wenn seine Gedanken rasten, legte sich ein verschwommener Schleier um ihn, verlangsamte die Zeit zu einem Schneckentempo, dessen Intervalle nur durch das Ticken der Uhr markiert wurden.

Fünf Tage, in denen er zusah, wie die Lebensmittel verrotteten. Fünf Nächte, in denen er an die Raufaserdecke starrte und halb glaubte, er könne immer noch ihren gleichmäßigen Atem an seiner Schulter spüren. Fünf Morgen, an denen er mit Visionen von Heathers blutigem Schädel, Patrick, der auf der Straße lag, den blutroten Armen des Verdächtigen, dem Aufkleber... dem Aufkleber... dem Aufkleber aufwachte.

*OD, FTS.* Er konnte sich kein Geschäft in der Nähe vorstellen, das dazu passte, obwohl er fünf Tage lang mit den Buchstaben gespielt hatte, als wären sie Teil eines schrecklichen Galgenmännchen-Spiels. Fünf Tage, an denen er auf der Wache anrief, um zu hören, ob es etwas Neues gab, aber die Anzugschuhe, die der Mann getragen hatte, und die Reifenspuren des Pickups waren zu gewöhnlich, um sie zu identifizieren, und es wurden keine Trucks dieses Fabrikats und Modells am Tag von Heathers Ermordung in der Gegend als vermisst gemeldet. Und sie konnten nicht jeden Truck in der Stadt durchsuchen. *Das würden sie tun, wenn sie eine wichtige Persönlichkeit wäre.* Das ging ihm auf den Sack. An manchen Tagen, wenn Ed anrief, zögerte Detektiv Mueller, bevor er Fragen beantwortete, als könne er sich nicht an Heathers Namen erinnern.

Fünf Tage der Enttäuschung. Fünf Tage, an denen seine Brust so anhaltend schmerzte, dass er befürchtete, seine Lungen könnten kollabieren. Fünf Tage, an denen er jedem aus dem Weg ging, einschließlich Heathers Vater.

Er hatte sich eingeredet, dass es Donald gut ging, dass Donald ihn nicht brauchte, dass der Mann es gewohnt war, von seinen einsamen Missionen in Vietnam allein zu sein, aber das war eine Ausrede – die Wahrheit war, Ed konnte diesem Mann nicht ins Gesicht sehen, wollte seine Tränen nicht sehen, wollte nicht sehen, wie er über dem Erkerfenster auf das verzierte Holzkreuz starrte, das über seinem Wohnzimmer wachte, und den Kopf schüttelte, als ob er glaubte, Ed würde ihn anlügen, dass sie tatsächlich wieder nach Hause kommen würde. In der Nacht, als Ed ihm von ihrem Tod erzählte, hatte Donald die Hände gefaltet, seinen Blick auf dieses Kruzifix gerichtet und gebetet. Er hatte immer noch dort gesessen, als Ed schließlich ging und nach Hause in sein leeres Haus fuhr.

Ed berührte jetzt das Kissen, und für einen Moment – nur einen Moment – fühlte es sich fast warm an, als hätte sie es gerade verlassen. Er stand auf. Der berauschende würzig-süße Duft von ihr, der dicke Tabakgeruch von ihnen beiden, klebte in seinen Nasenlöchern. Sie waren hier glücklich gewesen. Glücklich. Aber...

*Es war mein erstes Mal.*

Der Schmerz in seiner Brust verstärkte sich, brennende Hitze breitete sich in seinen Hals aus, als hätte er Lava in seinen Adern. Er hasste es, darüber nachzudenken, hasste es, es sich selbst einzugestehen, aber sie hatte ihn in dieser Nacht angelogen. Der Bericht des Gerichtsmediziners besagte, dass sie Drogen in ihrem Magen hatte, viele davon, was Detektiv Mueller dazu veranlasste, schnell das Motiv festzulegen: Ein OxyContin-Raub, der schief gegangen war. Aber man konnte Oxy an jeder Ecke bekommen – man musste dafür nicht irgendwohin ins Abseits gehen. Und warum sonst sollte sie dort hinter dieser Schule sein, einem Ort, der für Drogen und Prostituierte bekannt war, wenn nicht, um ihren Arsch gegen ein paar Downer zu tauschen? Er war dumm gewesen, irgendetwas zu glauben, was sie ihm über ihr Leben auf der Straße erzählt hatte. Nur weil sie keine Vorstrafen hatte, bedeutete das nicht, dass sie clean war.

Aber er hatte das gewusst, als er sie kennenlernte – und sie trotzdem geliebt. Tat es immer noch.

Er ging den Flur entlang und hinaus auf die Veranda, schloss die Haustür hinter sich ab und versuchte, das Haus nicht so zu sehen, wie sie es gesehen hatte. *Es ist perfekt für uns, Ed. Kann ich bleiben?*

*Für immer*, hatte er gesagt. *Für immer.*

Und heute musste er Abschied nehmen.

In Donalds Einfahrt zu fahren, fühlte sich an, als käme er zu seiner eigenen Beerdigung, und es war der Tod des Lebens, das er gewollt hatte, obwohl er noch ging und sprach und atmete – aber gerade so. Donald saß im Wohnzimmer, der Rollstuhl zum Fenster gedreht, seine Augen weit geöffnet, das Kruzifix hielt immer noch von der Wand über ihm Wache. Dons hohle Wangen wirkten heute eingefallener als sonst, und als Ed sich näherte, blinzelte der Mann nicht. Ed versuchte, das schwere *Wumm, Wumm, Wumm* seines eigenen Herzens zu ignorieren.

»Donald?«

Roscoe hob seinen winzigen Kopf von Donalds Schoß, der Schwanz wedelte aufgeregt. Heathers Vater antwortete nicht. *Oh Scheiße, er ist tot.* Aber dann drehte sich Donald langsam um, sein Gesicht runzelte sich, als er die Stirn runzelte.

Ed ließ die Luft aus seinen Lungen entweichen. »Heilige Scheiße, ich dachte, du wärst... du weißt schon.«

»Wenn's nur so wäre. Ich habe weniger als ein Jahr, sagen sie, aber heute gehe ich nicht.«

*Ich dachte, du wärst vielleicht des Lebens müde geworden.* Aber das Herz des Mannes war offensichtlich stärker, als selbst Don es wollte, und egal wie müde er war, die Angst vor der Hölle würde Donald davon abhalten, sich das Leben zu nehmen. Heathers Vater würde keinen Moment des Leidens verpassen.

Donald blinzelte zum Beistelltisch, wo eine quadratische Glasbox eine Medaille und ein Bild eines viel jüngeren

Mannes mit seinem Scharfschützengewehr enthielt, das Ganze von einer Staubschicht verdeckt. »Weißt du, was das Beste an dieser Medaille ist, Ed? Bei jeder dieser Missionen zielte ich, ich tötete, aber wenn ich es vermasselt hätte, wäre der Einzige, der gestorben wäre, ich gewesen. Ich musste mich um nichts anderes kümmern – um niemand anderen.« Er richtete seinen wässrigen Blick auf Ed. »Ich kam nach Hause, taub. Ich würde alles dafür geben, das jetzt zu fühlen.«

»Hast du gegessen, Donald?«

»Hast du?«

*Fairer Punkt.* »Lass uns das hinter uns bringen.«

---

Ed erinnerte sich nicht daran, gefahren zu sein, erinnerte sich nicht daran, vor der Kirche angehalten zu haben, aber da war er, vor diesem Ziegel- und Steingebäude, das ein Zufluchtsort für all jene armen verirrten Seelen sein sollte, die immer noch glaubten, sie hätten eine Chance. Schnee sprenkelte die Buntglasfenster. Lichter flackerten hinter dem Glas und reflektierten von der puderzuckerbedeckten Fensterbank, was ein abstraktes Aquarell erzeugte, das dem Schnee hinter der Schule – neuem Schnee, getränkt mit Heathers Blut – zu ähnlich sah.

Ed wandte sich ab. Diese langen Steinstufen würden sie nie in ihrem weißen Kleid willkommen heißen, die Figuren im Buntglas würden ihn nie mit Pater Norman in seiner Robe für die katholische Zeremonie, die Heathers Vater geliebt hätte, am Pult warten sehen. Ed würde nie das Licht der hundert Kerzen auf dem langen, niedrigen Tisch im hinteren Teil des Kirchenschiffs auf ihrer Haut scheinen sehen, noch zusehen, wie sie unter der lebensgroßen Engelstatue dort hindurchschritt, deren Arme erhoben waren, als segne sie ihre Verbindung. *Für immer.*

Donalds Rollstuhl ratterte wie ein Todesröcheln über die glänzenden Holzböden im Eingangsbereich. Ed hielt kurz hinter der Tür inne und starrte nach rechts in die Nische hinter dem Beichtstuhl. Patrick stand in der Ecke und sprach mit einem anderen Mann, dieser kahlköpfig und in den schlanken schwarzen Mantel und schwarze Handschuhe eines Attentäters gekleidet: der Chief. Eds Hände verkrampften sich um die Griffe des Rollstuhls, als Patrick in ihre Richtung nickte und der Chief seine stechenden braunen Augen auf Ed richtete.

*Nee, jetzt nicht, auf keinen Fall.* Wieso dachten Leute, sie könnten einfach überall auftauchen, wo es ihnen gerade passte? An diesem Ort, in diesen qualvollen, verletzlichen Momenten... es fühlte sich an, als würden sie ihm beim Duschen zusehen. Ed drehte ihnen den Rücken zu und fuhr den Gang weiter hinauf, wobei er das näher kommende *klack, klack* der Schritte seines Chefs auf dem Holz und das schwerere *bums, bums, bums* von Patricks Gummisohlen ignorierte.

*Was zum Teufel wollen die?*

Ed erreichte das vordere Ende des Gangs, ein halbes Dutzend Schritte vom Altar entfernt.

»Lass mich hier einen Moment sitzen«, sagte Donald so leise, dass Ed ihn ohne das Echo am Rednerpult nicht gehört hätte. Der Mann faltete die Hände in seinem Schoß und senkte den Kopf, murmelte vor sich hin und betete zu der Skulptur über ihnen: ein Mann, der eine Dornenkrone trug, mit Nägeln durch Hände und Füße geschlagen, der Schrecken in diesem geschnitzten Gesicht ein Mahnmal für die Boshaftigkeit der Menschheit. Und diese Boshaftigkeit, das Böse, das an jeder Straßenecke in dieser Stadt lauerte – niemand entkam ihr. Niemand.

Ed trat einen Schritt von Donalds Rollstuhl zurück, und während er auf den grausamen Schnitt in der Seite der Statue starrte, die Handgelenke blutend von Wunden, um die sich niemand kümmern würde, löschte die Verderbtheit auf diesem Kruzifix Heathers Gesicht aus und ersetzte seine Braut durch ein Bild, das ihn weniger interessierte. Einen Körper, der ihn weniger interessierte. Sein Herz verlangsamte sich.

»Wie hältst du dich, Ed?«

*Ed.* In diesem einen Wort, seinem eigenen Namen, konnte er Heathers Atem an seinem Hals spüren, konnte den Duft ihrer nach Gardenie duftenden Haut in seiner Nase riechen, als stünde sie direkt neben ihm. »So gut wie man erwarten kann.« Er hielt seinen Blick auf das Kreuz über ihnen gerichtet, das gemalte Blut, die Dornenkrone. »Warum seid ihr hier?«

»Ich...« Patrick schnaubte hart, gereizt. »Ich wollte nur mein Beileid aussprechen.« Seine Stimme wurde mit jeder Silbe lauter, als wäre er von Eds Worten verletzt, aber er war nicht verletzt, Ed wusste das. Er hätte sein Beileid mit einer Karte ausdrücken können, oder Blumen, oder was auch immer Leute sonst taten. Stattdessen hatte er ihren verdammten *Chef* zur Kirche mitgebracht, wissend, dass Ed Heathers Asche abholen würde. Er hätte Patrick nicht sagen sollen, wo er sein würde. Ed kniff die Augen zusammen und blickte wieder zum Kruzifix hinauf, und durch seinen wutgetränkten Blick schien die Statue blutige Tränen zu weinen.

Der Chief hustete irgendwo hinter Patrick, ein brummiges Knurren. »Ich wollte auch sicherstellen, dass du weißt, dass du vom Dienst befreit bist. Ich habe dich neulich reingerufen, um deinen Sonderurlaub zu besprechen, aber du bist nie aufgetaucht.«

Mussten sie das wirklich jetzt tun? Ed senkte seinen Blick vom Kreuz, um dem glasigen Starren seines Chefs zu begegnen. »Ich brauche keine Auszeit.« Der Chief war ein Arschloch, dass er überhaupt hierhergekommen war, besonders wenn er auf der Wache alle nur anmotzte – herumpolternd, als versuche er, einen winzigen geschrumpften Schwanz zu kompensieren.

»Wenn du meinst, du kannst direkt wieder in den Dienst zurück, umso besser. Aber manche brauchen Zeit, um zu heilen.« Der Blick des Chiefs wurde härter. »Du solltest nur wissen, dass Urlaub verfügbar ist, genauso wie Beratung-«

»Ich brauche keine-«

»-und lass Detective Mueller seine Arbeit machen. Ich habe gehört, du hast ihn schon ein Dutzend Mal angerufen. Lass ihn in Ruhe und ruf stattdessen mich zurück.«

Mueller. Der Detective, der Heathers Fall zugeteilt bekommen hatte. Also darum ging es – der Chief war zur *Kirche* gekommen, um sicherzustellen, dass Ed sich aus den Ermittlungen raushielt. »Mueller brauchte meine Aussage«, schnappte er.

»Er hatte deine Aussage bereits, Petrosky.«

»Schön.« Ed versteifte sich, die Hände zu Fäusten geballt. »Wenn Sie mich jetzt entschuldigen würden...« Er drehte sich weg. Über ihnen weinte Jesus stille hölzerne Tränen. *Für immer*, hatte er gesagt. *Für immer*.

*Klick, klick, klick*, das Geräusch von Schuhen auf Holz, Schuhe, die schicker waren als die des Chiefs. Ed verlagerte seinen Blick und sah den Priester, der seitlich die Kirchenbank entlang glitt, sein weißes Gewand raschelte um seine Beine. *Gott sei Dank, ohne Wortwitz*. Hätte er das laut gesagt, hätte Heather gelacht. Trauer elektrisierte den Schmerz in seiner Brust. Er räusperte sich, als könnte er damit auch diesen Schmerz vertreiben, aber er blieb heiß und stechend. Hinter ihm ertönte das Scharren seiner Kollegen, die einen Schritt zurücktraten. Sie waren Polizisten, aber sie waren jetzt in Father Normans Haus.

»Edward«, sagte Father Norman mit leiser, sanfter Stimme. »Es tut mir so leid für deinen Verlust.« Die Schritte hinter Ed zogen sich noch weiter zurück, und als Ed vortrat und wieder die Griffe des Rollstuhls ergriff, beugte sich Norman näher an sein Ohr. »Wünschst du ihre Gesellschaft, mein Sohn? Sie haben über eine Stunde gewartet, und wenn du sie eingeladen hättest, wären sie sicher gekommen, um dich näher an unserem Termin zu treffen, anstatt... herumzulungern.«

Scharfsinnig. Father Norman legte seine Hand auf Eds Schulter, und Ed lockerte seinen Griff um Donalds Stuhl. »Nein, ich habe sie nicht eingeladen.«

Der Priester nickte den Männern hinter Ed zu – »Ich bin gleich bei Ihnen, Mr. O'Malley« – und deutete dann auf den Gang hinter dem Rednerpult auf der rechten Seite der Kirche. Ed blickte zurück zu Patrick, einem Mann, der sonntags hierher kam, aber sich nicht daran erinnerte, Heather getroffen zu haben, einem Mann, der... was? Zwei Kinder mit seiner jetzigen Frau hatte? Er sprach nie über sie, sprach nie über etwas Persönliches – sie kannten sich nicht wirklich, oder? Patrick stand immer noch mitten im Gang, die Arme an den Seiten. Er behauptete sich, als gehöre ihm der Ort. Diese Kirche und alles darin gehörte Männern wie Patrick O'Malley mehr als Männern wie ihm.

»Bitte...« Father Norman deutete erneut auf den Gang nahe der Vorderseite der Kirche und ging in diese Richtung, wobei er unter dem blutenden hölzernen Jesus hindurchging. Ed ergriff wieder die Griffe des Rollstuhls und ließ seinen Partner und seinen Chef im Gang stehen, wo sie ihnen nachsahen.

Der Flur war wärmer als das Kirchenschiff, und die kalkweißen Wände ließen Eds Vision von Heather in ihrem Hochzeitskleid so heftig zurückkehren, dass er fast stehen geblieben wäre und Donald mitten im Gang zurückgelassen hätte. Aber er zwang sich weiterzugehen, vorbei an einem Büro, dann durch eine zerkratzte Kieferntür, die ein schlichtes goldenes Kreuz trug, ein kleines *t* ohne leidende menschliche Gestalt darauf. Trotz der aufwendigen Buntglasfenster lebte Vater Norman bescheiden, wie er es auch anderen predigte; der Schreibtisch war aus altem Sperrholz, die Stühle abgenutzt, als wären sie auf einem Flohmarkt gekauft worden. Norman griff nach einer Vase - *nein, einer Urne, ihrer Urne* - von seinem Schreibtisch. Lila, ihre Lieblingsfarbe, obwohl sie »indigo« oder »violett« oder irgendeinen Namen gesagt hätte, der es besser klingen ließ. Wie auch immer die Farbe war, der Zweck blieb derselbe, denn sie hatten sie wie ihre Träume zu Asche reduziert, sie in ein Gefäß geschüttet, damit sie auf Donalds Kaminsims stehen konnte. Nicht auf Eds – das letzte, was er je von ihr sehen würde, wäre ihre schneebedeckte Leiche.

Vater Norman legte die Urne in Donalds Schoß und legte seine Hand auf die zitternde Schulter des alten Mannes. »Es ist meine Pflicht, Leid zu lindern«, sagte er mit Tränen in den Augen, als er seinen Blick zu Ed hob. »Doch hier... ich weiß, dass Worte nicht ausreichen. Heather wird uns allen sehr fehlen. Die anderen Freiwilligen liebten sie.«

Die anderen Freiwilligen... vielleicht hätten sie einen Gottesdienst abhalten sollen. Aber Heather hatte nur eine Frau namens Gene erwähnt, und für einen Moment konnte Ed sich nicht erinnern, ob Gene in der Kirche oder in der

Unterkunft arbeitete, wo Heather sich freiwillig engagierte... nein, es war die Unterkunft, weil sie immer mit Heathers Zeitplan anrief. Aber ein Gottesdienst würde niemandes Leid lindern. Es gab nichts zu tun, nichts, was Heather zurückbringen würde.

»Sie fand hier in der Kirche immer so viel Trost«, sagte Donald mit belegter Stimme. Aber das stimmte doch nicht, oder? Was hatte sie gesagt? *Ich glaube, mein Vater hat Angst davor, was mit Menschen passieren könnte, die nicht glauben – also sage ich ihm, dass ich es tue. Es ist ein kleiner Trost, den ich ihm geben kann.* Ob Heather nun ihn oder ihren Vater angelogen hatte, würde niemand je erfahren.

»Seid ihr sicher, dass ihr keine Zeremonie wollt?«, fragte der Priester gerade, die Mundwinkel nach unten gezogen. Vater Norman mochte die Einäscherung nicht – irgendein katholischer Aberglaube, diese Typen mochten ihre Särge und Gräber –, aber Donald war pragmatisch. Und Ed wollte Heathers zerschmetterten Schädel nie wieder sehen, selbst wenn sie ihn mit Make-up und Perücken und Hüten und Spitze verstecken würden. Man konnte alles unter Spitze verstecken, aber das bedeutete nicht, dass es weg war.

Donald schüttelte den Kopf, und Ed blickte auf die lila Urne hinab, die in Donalds Schoß glänzte – definitiv lila wie ein blauer Fleck, wie ihr neuer Mantel, und jetzt würde Ed nie einen besseren Namen für diese Farbe kennen. Und Heather hätte einen Raum voller Leute gehasst, die dort sitzen und über sie reden. Sie mochte es nicht einmal, im Leben mit ihnen zu sprechen.

*In der Schule hätten sie meinen Mund zunähen können, und niemand hätte es bemerkt.* Und dieses nervöse kleine Lächeln. Dieses Lächeln.

Donald griff mit zitternden Fingern in seine Hemdtasche und zog einen Umschlag hervor. Vater Norman nahm ihn, warf einen Blick hinein und legte den Kopf schief.

»Donald, die Urne, die Einäscherung... alles ist bereits bezahlt worden.«

»Um der Seele willen – Spenden halten uns rein, Vater. Ich habe vor, Heathers Arbeit hier fortzuführen, auch wenn ich nicht mehr die Beine habe, um selbst freiwillig zu helfen. Und wir wissen beide, dass ich nicht mehr lange auf dieser Erde sein werde. Ich habe keine Verwendung dafür.«

Normans Gesicht verzog sich, aber dann straffte er die Schultern und schnaubte einmal heftig, als versuche er, seine Gefühle zu unterdrücken. »Zögert nicht, die Kirche eure Last mittragen zu lassen,« – er traf Eds Blick – »keiner von euch beiden. Bitte erwägt auch, am Donnerstagabend zum Essen zu uns zu kommen.«

Donnerstagabend. Thanksgiving. Er würde seine Mutter anrufen und ihr sagen müssen, dass er nicht kommen würde. Er sollte ihr wahrscheinlich auch von Heathers Tod erzählen, aber der Gedanke, es je wieder laut aussprechen zu müssen, ließ ihn würgen.

»Wir werden zu Hause bleiben, Vater«, antwortete Donald für sie beide. »Ich würde damit lieber allein fertig werden.«

*Einverstanden, alter Mann.*

Vater Normans Augen waren jetzt auf Donald gerichtet, aber der Mann hielt seinen Blick auf die Urne in seinem Schoß gesenkt.

»Wenn es irgendetwas, *irgendetwas* gibt, das ich tun kann, lasst es mich bitte wissen.«

Aber die plötzliche schmerzende Leere, die sie zur Kirche geführt hatte, war kein Loch, das irgendein Mensch füllen konnte. Auch nicht, wie Ed erkannte, Heathers Gott.

# KAPITEL SIEBEN

In der darauffolgenden Woche brodelte Eds Wut vor sich hin und kochte dann über, sodass die Welt um ihn herum in einem heißen, schmerzenden Dunst verschwamm. Er hatte diese dunklen Episoden schon früher erlebt: Als sein Bruder Sammy starb. Als seine Freundin mit ihm Schluss machte, aber sie war sowieso eine Zicke gewesen, mit ihrem Brot-Horten und ihrer Obdachlosen-Verachtung. Die Depression hatte sich auch eingeschlichen, als sein Vater ihm sagte, dass sie sich das College nicht leisten könnten, also versuch es gar nicht erst – nicht dass Ed mit seinem Notendurchschnitt von 3,0 ein Stipendium hätte bekommen können. Und dann wieder an jenem Tag in der Wüste, sein bester Freund neben ihm, redend, lachend, dann *bam!* eine Scharfschützenkugel und die Hälfte von Joeys Kopf war zu rotem Nebel geworden.

Aber das hier war eine andere Art von Dunkelheit. Heathers Gesicht, Heathers Stimme, der Geruch ihrer Haare, ihre Träume von Heirat, von Kindern, wirbelten in einem seelenzehrenden Loch in seiner Brust, der Schmerz zog ihn tiefer in sich selbst, einen halben Schritt vor der

Implosion. Das Einzige, was ihn davon abhielt, sich der Trauer hinzugeben, war die weiße, heiße Wut, die ihn so heftig aus den Tiefen riss, dass er an manchen Tagen fürchtete, den Faden zu zerreißen, der ihn an den Verstand band. Nichts war mehr wie zuvor – er war nicht mehr derselbe. Und er hatte keine Ahnung, wie er sich von einem Moment zum nächsten fühlen würde. Vor drei Monaten war er noch vier Meilen mit Grippe gelaufen, und heute war er nur für die Arbeit aus dem Bett gekommen. Selbst jetzt, als die vereisten Straßen unter einem trüben grauen Himmel, der zu seiner Stimmung passte, am Streifenwagen vorbeizischten, lag ein Teil von ihm noch immer in diesem Bett und starrte an die Raufasertapete. Erschöpft. Sehnsuchtsvoll. Schmerzerfüllt.

»Bist du sicher, dass du keinen Urlaub nehmen willst, Ed?«, hatte Patrick gefragt, als sie heute Morgen an der Kirche vorbeifuhren, dem Ort, an dem er Ed vor einer Woche überrumpelt hatte. *Kleeblatt-humpelndes Arschloch.*

»Wenn du mit einem Loch in der Schulter arbeiten kannst, dann schaffe ich das verdammt nochmal auch.« *Mit einem Loch in meinem gottverdammten Herzen.*

»Ja, aber, Ed-«

»Nenn mich Petrosky. Das ist professioneller.«

Patrick warf ihm einen Blick zu, die buschigen Augenbrauen hochgezogen, aber Ed – *Petrosky* – behielt sein Gesicht ausdruckslos. Er hatte auf dem Rückweg von der Kirche mit Heathers Urne beschlossen, dass er seinen Namen nie wieder laut hören wollte. Er wollte sich nicht daran erinnern, wie Heather in der Nacht geflüstert hatte – *Ed, komm her* – oder ihr Lachen und wie sie ihm auf den Arm schlug, nachdem er etwas Albernes gesagt hatte. *Oh, Ed, du bist so albern.* Mit genügend Zeit könnte er diese

Erinnerungen verschwinden lassen, er hatte es schon einmal geschafft ... wenn die Leute ihn nur nicht ständig daran erinnern würden.

Patrick öffnete den Mund, als wollte er noch etwas fragen, und Petrosky wünschte sich, dass er es täte, forderte ihn geradezu heraus, denn er sehnte sich nach ein wenig – nach viel – Ärger, aber das krächzende Radio unterbrach seine Gedanken. Nachbarschaftsstreit wegen eines Hundes, von allen Dingen. Am Tatort hörte Petrosky dem Gezeter der Muumuu-tragenden Mittfünfzigerin im Schnee nur halb zu, die offensichtlich nur jemanden ärgern wollte, dann folgte er Patrick zum Nachbarn und sah zu, wie er einen Strafzettel wegen Verstoßes gegen die Lärmschutzverordnung ausstellte. Der schwarze Mann Mitte zwanzig, der die Tür öffnete, presste die Lippen zusammen, nahm den Zettel aber mit einem Nicken entgegen, und der schwanzwedelnde Pitbull an seiner Seite bellte sie kein einziges Mal an. Zumindest hatte dieser Mann einen Hund, der die Nächte weniger ... leer machte.

*Ich sollte Donald besuchen*, dachte er, als er wieder in den Streifenwagen stieg. Der Mann hatte gerade seine Tochter verloren, und Donalds zweiwöchentlicher Besuch von der Krankenschwester war sicher nicht genug Unterstützung.

Gänsehaut breitete sich zwischen seinen Schulterblättern aus; Patrick beobachtete ihn. Anstatt sich seinem Partner zuzuwenden, begnügte sich Petrosky damit, die Schneewehen anzustarren.

»Ed ... äh, Petrosky?«

Petrosky ... ja, das war besser. Er drehte sich um. Patricks Augenbrauen waren zusammengezogen. »Warum hast du mir nicht gesagt, dass sie eine-«

»Eine was?« Wut kochte in Petroskys Brust hoch. Eine

Drogenabhängige? Eine Hure? Welche Heather kannte Patrick? *Als ob ich dir das hätte sagen müssen, du – du wusstest es von dem Moment an, als du sie gesehen hast.* Und in diesem Moment, dort im Auto, war er sich noch nie so sicher gewesen wie jetzt, dass Patrick Heather erkannt hatte, dass er von der Prostitution wusste, als sie sich an dem Tag, an dem sie starb, im Diner trafen. Wahrscheinlich wusste er auch von dem OxyContin. Und niemand hatte sich die Mühe gemacht, es *ihm* zu sagen.

Patrick schüttelte den Kopf. »Schon gut, ich wollte nur-«

Das Funkgerät krächzte erneut – häusliche Gewalt – und rettete Patrick davor, was auch immer für eine Scheißidee ihm gerade auf der Zunge lag. Aber Patrick hatte nichts Falsches gesagt, wurde Petrosky klar, als sich sein Atem beruhigte, er wollte nur wissen, warum man ihn im Dunkeln gelassen hatte. Petrosky hatte sich das Gleiche gefragt. Warum war es für sie so einfach gewesen, Dinge vor ihm zu verheimlichen? Er hätte ... irgendetwas bemerken müssen.

Er fixierte seinen Blick auf die verschneite Landschaft, als Patrick für ihren nächsten Einsatz am Bordstein zum Stehen kam, anständige Nachbarschaft, jedenfalls eine der besseren. So wie die, in die er und Heather oft darüber gesprochen hatten zu ziehen. Eine kastanienbraune Lampe lag zerschmettert auf dem Vorgarten des Backsteinhauses im Kolonialstil, ein paar rötliche Scherben steckten wie Flecken getrockneten Blutes im Schnee des Verandageländers.

Ein großer blonder Mann öffnete die Tür – einer dieser eingebildeten Sportler von Privatschulen, die Petrosky beim Aufwachsen gesehen hatte, die Mädchen hinterherpfiffen, die sie für ihr Eigentum hielten, ihre

Taschen prall gefüllt mit Papas Geld. Und hier stand dieser arrogante Mistkerl und versuchte ihnen zu erzählen, sie hätte zuerst zugeschlagen. Aber seine Knöchel waren blutig, und hinter ihm im Wohnzimmer konnte Petrosky eine Frau erkennen, die auf dem Boden neben dem La-Z-Boy saß, die Beine unter sich gezogen, die Arme um ihren dünnen, nachthemdbedeckten Körper geschlungen. Ihr linkes Ohr war ein Chaos aus strähnigen Haaren und gerinnendem Blut. Wie knapp war dieses Mädchen daran vorbeigeschrammt, die Hälfte ihres Schädels zu verlieren? Petrosky blickte auf die Füße des Mannes – Budapester. Vielleicht hatte er auch Heather getötet.

*Dumm.*

Patrick drängte sich an dem Mann vorbei ins Haus und bellte in sein Funkgerät nach einem Krankenwagen. Die Frau schüttelte den Kopf, die Augen weit aufgerissen, und starrte zu dem blonden Angeber in der Tür hoch. Ein roter Tropfen rann von ihrem Kinn auf ihre Brust.

Der Mann hob die Hände in einer *Langsam, Jungs*-Geste. »Kommt schon, Leute, ich bin ein Geschäftsmann, kein Verbrecher.« Die schmierigen Worte flossen von seiner Zunge wie Pisse an einem fettigen Fenster herunter, und Petrosky verspürte den Drang, ihn zu erwürgen. Dieser Mann verkörperte alles, was falsch war in der Welt – Männer, die sich nahmen, was sie wollten, ohne sich darum zu scheren, wen sie verletzten.

»Mein Gott, Sie haben Recht.« Bevor der Kerl lächeln konnte, packte Petrosky seine Hand und drehte die Arme des Mannes hinter seinen Rücken, umschloss seine Handgelenke mit Stahl. »Wir müssen das Memo verpasst haben, in dem Frauenschlagen plötzlich legal wurde.«

»Ich kann Sie bezahlen«, sagte der Mann, seine Stimme

jetzt höher, panischer. »Ich brauche keine weitere Anklage in meiner Akte.«

Petrosky zerrte an dem Arm des Mannes, der Bastard stolperte die Stufen hinunter, dann schritt er über den Rasen. In der Ferne ertönte schwach die Sirene eines Krankenwagens. »Na, du kriegst noch eine Anklage mehr, Arschloch, und du kannst froh sein, dass ich dem Vater des Mädchens nicht fünf Minuten mit dir allein gönne.« Petrosky schleuderte ihn so heftig gegen das Auto, dass der Mann grunzte und auf dem Eis das Gleichgewicht verlor, aber er fing sich wieder. Natürlich tat er das. Diese Bastarde landeten immer auf den Füßen, während die Welt um sie herum zusammenbrach.

»Pass auf deinen Kopf auf.« Er stieß den Mann nach vorne ins Auto, und dessen Schläfe knallte mit einem *Bumms* gegen die Ecke der Tür.

»Hey! Ach Scheiße, blute ich?«

»Ich hab dir gesagt, du sollst auf deinen verdammten Kopf aufpassen.« Petrosky packte die Tür und sagte: »Jetzt zieh deine Füße rein, es sei denn, du denkst, deine Schienbeine gewinnen gegen Metall.«

Patrick näherte sich, als Petrosky die Tür zuschlug und sich wünschte, der Kopf des Typen wäre dazwischen. Der Arm seines Partners war an seine Seite gepresst – noch immer steif. Hatte er Schmerzen?

Frostige Luft biss in Petroskys Nase, frisch und kalt und stechend. Der blonde Mann im Auto sagte etwas durch das geschlossene Fenster, und Petrosky hob die Hand und schlug gegen die Scheibe, gerade hart genug, um den Mann im Sitz zurückweichen zu lassen. Seine Knöchel pochten von dem Aufprall. Es war es wert.

»Du solltest dich besser beruhigen.« Patrick hob die Hand, um ihm auf die Schulter zu klopfen, aber er muss etwas in Petroskys Gesicht gesehen haben, denn er senkte den Arm und blickte zu dem Mann im Auto. »Schon oft hat der Mund eines Mannes seine Nase gebrochen.«

Petrosky atmete noch einmal ein, diesmal tiefer, und ließ die Eiszapfen der frostigen Luft direkt durch sein Gehirn stechen. »Der Mund eines Mannes hat seine Nase gebrochen, ja? Denkst du, er wird sich aus den Handschellen befreien und mich schlagen? Ist er ein Zauberer?«

»Hat der Chief dir nicht gesagt, du sollst mit jemandem reden? Mit einem von diesen...« Patrick wackelte mit den Fingerspitzen in der Luft auf beiden Seiten seines Kopfes.

»Wozu einen Seelenklempner aufsuchen, wenn ich mit deinem armseligen irischen Arsch umsonst reden kann.« Aber vielleicht sollte er wirklich einen Therapeuten aufsuchen – bevor er noch irgendeinen Arsch umbrachte, der nicht wusste, wie gut er es hatte, der seine Frau lieber schlug, als sie zu lieben. Petrosky ging um das Auto herum zur Beifahrerseite und beruhigte seinen Atem, bevor Patrick seine zitternden Hände bemerkte.

# KAPITEL ACHT

Petrosky starrte eine Woche lang auf die Flasche Jack Daniel's und verfluchte Patrick dafür, dass er sie vorbeigebracht hatte - er wollte den Schmerz spüren. Sich noch ein bisschen länger an Heather erinnern, bevor er sie endgültig aus seinem Kopf verbannte. »Das wird dir beim Schlafen helfen«, hatte sein Partner gesagt. »Zumindest nimmt es die Schärfe raus.« Petrosky hatte ihn finster angestarrt, aber am Ende der zweiten Woche hatte er sie geöffnet und den Alkohol seine Erinnerungen weichzeichnen und ihn in die Vergessenheit gleiten lassen. Es war fast zu einfach nachzugeben.

Was er jede Nacht dieser Woche tat, bis die Flasche leer war. Als sie weg war, verbrachte er drei Nächte damit, zuzusehen, wie die Schatten grauenhafte Bilder an die Raupputzdecke malten - blutige Hände und Heathers entstelltes Gesicht, die zerschmetterten Teile ihres Schädels. Als der Raum jeden Morgen heller wurde, waren Petroskys Laken schweißdurchtränkt.

Am Abend des vierten Tages besorgte er sich eine weitere Flasche. Danach wurde der Morgen am schlimmsten, wenn Bilder von Heather mit halbem Kopf ihn wie ein grausamer Wecker weckten. Oft wachte er benommen auf und griff nach ihr, seine Finger in kalter, glitschiger Gehirnmasse verheddert.

Anstatt morgens zum Alkohol zu greifen, um die Empfindung auszulöschen - Tageskonsum war nur einen Schritt von Treffen und Sponsoren und Lebererkrankungen entfernt -, stürzte sich Petrosky in die Arbeit. Drei Wochen nach der Beschaffung von Heathers Asche ignorierte er jegliche Erwähnung von Heather oder dem Fall, was den Detektiv wahrscheinlich verflucht glücklich machte, diesen faulen Bastard. Er ignorierte auch Weihnachten, indem er eine Mandelentzündung vortäuschte, sehr zum Verdruss seiner Mutter, aber es gab ja immer noch nächstes Jahr. Vielleicht. Und als Ash Park in den Januar glitt, begann der Geruch von Gardenien und Weihrauch nachzulassen, und der fast-vorhandene Klang ihrer Stimme verblasste. Weniger die Bilder von Heathers zerschmettertem Schädel.

Petrosky klemmte seine Zigarette fester zwischen die Zähne und ließ den Rauch die Windschutzscheibe vernebeln, anstatt das Fenster zur Kälte zu öffnen. Heute war kein Schnee in der Vorhersage, aber die ganze Welt war immer noch mit einer gläsernen Eisschicht überzogen, die dunkel glitzerte - ein falscher Schritt und du warst erledigt. Nicht dass es eine Rolle gespielt hätte, wenn er sich etwas gebrochen hätte. Er joggte nicht mehr, und er konnte bei diesem Job sowieso nie jemandem hinterherjagen. Was hatte das für einen Sinn?

Aber der Sinn würde eines Tages zurückkehren, da war er sich sicher. Eines Tages würde er wieder anfangen zu laufen - wieder anfangen zu leben. Sobald der Schmerz nachließ. Eines Tages würde er vergessen, wie Heathers Blut roch, so wie er fast alles über Sammy vergessen hatte, außer seinem Namen und dem Klang seines Weinens. Und irgendwann würden auch die verschwinden. Sein Vater erwähnte Sammys Namen überhaupt nicht mehr.

Der Parkplatz des Bagel-Shops war verlassen, das Salz knirschte unter seinen Gummisohlen, als er auf die Eingangstür zuging. Er blieb auf dem Gehweg vor dem Fenster stehen und sog die letzten Züge seiner Zigarette ein, als er hörte: »Können Sie mir helfen?«

Petrosky wirbelte herum. Billige Absätze, billige Jacke, gerötete Wangen, als würde sie in die Bäckerei gehen, um der Kälte zu entkommen. *Können Sie mir helfen?* So wie er versucht hatte, Heather zu helfen? Für einen Moment konnte er sich fast einreden, sie *wäre* Heather - dass er vielleicht die Chance hätte, sie zu befragen, die Schrecken der letzten Monate rückgängig zu machen. *Was hast du nachts da draußen gemacht? Warum konntest du nicht ehrlich zu mir sein? Ich hätte dir helfen können, verdammt noch mal!* Aber er hatte nicht gewusst, was sie getan hatte, hatte nichts von ihrer Sucht gewusst; sie hatte das vor ihm geheim gehalten, und es hatte sie ihr Leben gekostet. Sein Herz pochte, viel zu schnell - sie hatte gelogen, sie hatte verdammt noch mal gelogen, und jetzt war sie tot.

»Steht etwa Trottel auf meiner Stirn tätowiert?«, zischte er.

»Was? Nein...« Sie errötete noch tiefer. »Sie verstehen nicht.«

Nein, das tat er nicht, aber als er sie ansah, entspannten sich seine Schultern. Ihre Ohrringe waren teuer, auch wenn ihre Jacke es nicht war, und ihr Aktenkoffer war aus echtem Leder. Sie suchte keinen Trottel. Aber was wollte sie dann von ihm?

»Tut mir leid«, sagte er sanfter. »Was möchten Sie denn?«

»Mein Name ist Linda Davies«, sagte sie mit einem leichten Zittern, das von Nervosität oder Kälte herrühren konnte. »Ich kannte Heather.«

Petrosky kniff die Augen zusammen. Dunkles Haar, wie Heathers, und ein herzförmiges Gesicht und volle Lippen, aber ihre Augen waren haselnussbraun, grau-grün-blau, und ihr Blick ließ eine kleine Nadel der Wiedererkennung in seinem Rückgrat vibrieren. »Ich kenne Sie.«

»Das stimmt.«

»Aus dem Sozialamt.« Sie waren sich nie begegnet, aber er hatte sie bei irgendeinem Fall drüben im Revier gesehen. Das Sozialamt war ein kleines Irrenhaus, voll von überarbeiteten und unterbezahlten Gutmenschen, die versuchten, ganz Ash Park zu versorgen, und es beherbergte auch das Büro des Obermacker-Seelenklempners, wo Cops hingingen, nachdem sie jemanden getötet hatten oder zusehen mussten, wie ihr Partner auf einer schneebedeckten Straße starb. Der Chief hatte vorgeschlagen, Petrosky solle da mal »rüberhüpfen«, als wäre er ein Känguru, an dem Tag, als er wieder zur Arbeit kam. Aber ein Seelenklempner war nicht das, was Petrosky gebraucht hatte - er hatte raus auf die Straße gemusst, um sich abzulenken, auch wenn das noch nicht… funktionierte.

»Das bin ich.« Linda lächelte. »Ich habe Heather geholfen, Unterstützung für ihren Vater zu bekommen. Aber bei unserem letzten Treffen… sagte sie einige seltsame Dinge. Ich versuche schon die ganze Zeit, Sie zu erreichen.«

Er hatte sein Festnetztelefon vor einer ganzen Woche ausgesteckt. Seine Mutter hatte mit diesem angespannten besorgten Unterton in der Stimme angerufen, und er war zu erschöpft, um auch nur zu versuchen, andere Leute davon zu überzeugen, dass es ihm gut ging.

»Sind Sie mir hierher gefolgt?«

»Ja.« Sie straffte die Schultern. »Aber ich hätte Ihnen nicht folgen müssen, wenn Sie meine Anrufe beantwortet hätten - ich muss Sie mindestens zehnmal angerufen haben, seit Donald mir Ihre Nummer gegeben hat.«

Er wartete darauf, dass sie mehr sagte, aber stattdessen fixierte sie ihn mit ihrem Blick, und da war etwas in ihren Augen, ein Funke Intelligenz oder vielleicht Hartnäckigkeit - dieselbe Hartnäckigkeit, die er bemerkt hatte, als Heather ihm davon erzählte, wie sie sich um ihren Vater kümmerte, wie sie ihn aus einem Heim heraushielt. Entschlossenheit - das war es. Er starrte zurück. »Ich habe die Nachrichten nicht bekommen.«

Linda seufzte. »Schön, wie auch immer. Aber ich habe etwas, das Sie hören müssen.« Ihre Stimme klang gedrängt, hastig - hatte sie es eilig? Wahrscheinlich. Selbst der Detektiv verbrachte nicht mehr als das absolute Minimum mit Heathers Fall. »Ich weiß, das klingt verrückt, aber ich glaube, Heathers Tod... Sie war nicht einfach nur eine Süchtige, die draußen versuchte, an Stoff zu kommen.«

»Sie war süchtig; sie haben sie mit Drogen im Magen gefunden.« Petrosky war verliebt gewesen, aber er war kein Narr. *Auch wenn ich ein Trottel bin.* Trauer und Wut stiegen auf, loderten auf und legten sich dann wieder, als er sagte: »Was lässt Sie denken, dass sie es nicht war?«

»Sie musste nicht rausgehen, um an Drogen zu kommen; sie hätte die Medikamente ihres Vaters nehmen können. Er kommt mit seinen Schmerzen nicht gut zurecht, nimmt nicht so viele Pillen, wie er sollte.«

Aber Heather hätte Donalds Medikamente nicht genommen – auf keinen Fall würde sie zulassen, dass er Schmerzen hat, nur um sich selbst zu befriedigen. Oder doch? Süchtige machten solche Sachen im Entzug, dachten kaum darüber nach. Und Menschen bauten schnell eine

Toleranz gegen Drogen auf – vielleicht hatte sie mit Donalds übrig gebliebenen Pillen angefangen, konnte sich aber nicht dauerhaft damit versorgen. Und als die Nachfrage das Angebot überstieg, war sie auf den Strich gegangen, anstatt um Hilfe zu bitten. *Auf den Strich*. Als wäre sie ein Stück Fleisch, das von der Decke hing. Sein Kopf hämmerte. In der Nacht, als sie sich kennengelernt hatten, hatte sie gesagt, es sei ihr erstes Mal gewesen… was, wenn das *wirklich* das erste Mal war, aber sie damit weitergemacht hatte, nachdem sie sich getroffen hatten? Was, wenn sie in seinem Haus gelebt hatte und wenn er bei der Arbeit war, sie… sie…

*Lügnerin, Lügnerin, Lügnerin*, und in seinem Kopf konnte er ihre glasigen, zugedröhnten Iris sehen, sah ihre nackte Haut, die Hose um die Knöchel, sah sie vornübergebeugt mit den Händen gegen das Backsteingebäude, irgendeinen schmierigen Dealer hinter ihr, stoßend, stoßend, und einen anderen Mann, der zusah, auf seine Runde wartete, und sie stöhnte lang und tief, so wie sie es bei Petrosky getan hatte – vielleicht hatte sie es bei ihm auch nur vorgetäuscht. Feuer und Galle verstopften seine Kehle, und das Bild von ihr, wie sie mit einem Fremden gegen das Schulgebäude fickte, verschwand, ersetzt durch Heather, wie er sie zuletzt gesehen hatte: ihre Augenlider mit Eis verkrustet, die schneebedeckte Gallerte ihrer Gehirnmasse an seinen Händen.

Er räusperte sich und versuchte, die Art zu ignorieren, wie Linda ihren Kopf neigte – besorgt. »Der Detektiv sagte, ihr Tod sei drogenbedingt gewesen.« Was Detektiv Mueller genau gesagt hatte, war: »Sie versuchte, so high wie ein verdammter Drache zu werden, und jemand hat ihr mit einer Brechstange den Schädel eingeschlagen und ihr Zeug geklaut.« Die Brechstange wurde in der Nähe gefunden, keine Fingerabdrücke. Wie die meisten Detektive, die er getroffen hatte, war Mueller ein Arschloch – abgehärtet, arrogant, als ob die Welt ihm etwas schuldig wäre, als ob irgendeiner von ihnen am Ende besser als Wurmfutter enden würde. Obwohl das das achte Mal gewesen war, dass Petrosky angerufen hatte. Plötzlicher Schmerz durchfuhr seine Finger, und er sah nach unten, um zu sehen, dass sein Zigarettenstummel bis zum Filter heruntergebrannt war. Er warf den Stummel in den Schnee, wo er mit einem Zischen wie eine wütende Schlange ausging.

Linda senkte den Blick. »Wie gesagt, die Drogensache kommt mir nicht richtig vor, und ich habe einige Erfahrung auf diesem Gebiet, und nicht nur von der Arbeit.« Sie errötete wieder. »Mein Onkel war... Hör zu, das spielt keine Rolle. Ich sehe viele Frauen, Detektiv–«

»Ich bin kein Detektiv.« Nur ein einfacher Streifenpolizist mit einem Felsbrocken zwischen den Schulterblättern. Vielleicht würde er zum Militär zurückkehren und sich das Gesicht wegsprengen lassen, in einem Nebel aus rotem Dunst untergehen.

»Was auch immer. Ich muss dir das erzählen, damit ich nachts schlafen kann.« Sie holte tief Luft, und das Mitgefühl, das auf ihrem Gesicht geschrieben stand, ließ seine Schultern wieder entspannen, aber nicht seine Brust – sein Herz pochte schmerzhaft gegen seine Rippen. »Ich habe mich am Tag ihres Todes mit ihr getroffen. Bei ihrem Vater.«

Petrosky runzelte die Stirn. Im Diner hatte Heather gesagt: »Ich habe einen Termin.« Offenbar war es mit Linda, die Heather wahrscheinlich gesagt hatte, sie solle ihren Vater in ein Heim geben – schon wieder. Kein Wunder, dass Heather an diesem Tag beim Mittagessen so nervös war.

Lindas Stimme holte ihn aus seinen Gedanken zurück auf den verschneiten Weg. »Sie bekam einen Piepser, als ich dort war. Ich hörte ihn piepen, und sie steckte ihn weg, als sie sah, dass ich schaute, aber sie war aufgebracht – viel nervöser, als ich sie je gesehen hatte.«

»Donald hat ihr diesen Piepser für Notfälle gegeben.« Aber sie hatten Heathers Piepser weder am Tatort noch sonst irgendwo gefunden, eine Tatsache, die Mueller als bedeutsam hätte einstufen sollen – man musste schon ein Idiot sein, um so etwas außer Acht zu lassen. Und Mueller war kein Idiot. Petroskys Brust brannte. Beim Militär befolgte man Befehle und lernte, seinem Kommandanten und seinen Kameraden vollständig zu vertrauen. Aber hier... stimmte etwas nicht. Und in der Wüste lernte man auch, seinem Bauchgefühl zu vertrauen, oder man endete tot.

»Donald war in seinem Zimmer, als ich mit ihr sprach, also hat offensichtlich jemand anderes diese Nummer«, sagte Linda und riss ihn erneut aus seinen Gedanken. »Ich bin sicher, der Detektiv hat den Piepser bereits als Teil des Verfahrens überprüft, aber es scheint alles so... als würden sie sich nicht genug anstrengen. Und Donald verdient es, den Mörder seiner Tochter hinter Gittern zu sehen, bevor...« Sie blies sich die Haare aus dem Gesicht. »Jedenfalls. Ich denke einfach, der Detektiv irrt sich damit, dass ihr Tod drogenbedingt war. Ich glaube, jemand hat sie absichtlich hinter diese Schule gelockt. Ich glaube, Heather kannte die Person, die sie getötet hat – ich denke, sie war in Schwierigkeiten von dem Moment an, als sie angepiepst wurde. Und ich musste das jemandem erzählen, dem es wichtig ist.« Mit einem letzten Nicken drehte sie sich um und ging über den verschneiten Parkplatz zurück, während Petrosky ihr nachstarrte.

# KAPITEL NEUN

Lindas Worte hallten den ganzen Morgen in seinem Kopf nach und irritierten die Ränder seines Gehirns. Hatte sie damit recht? Hatte einer der Männer im Laster – entweder der blutige Mann oder der maskierte Schütze – Heather absichtlich dorthin gelockt? Sie ausgewählt? Sie ausgewählt, um sie zu zerstückeln, ihren Schädel zu zertrümmern, diese grauenhafte Knochenkrone, und der Schleim, die Kälte, ihre mit Schnee verkrusteten Wimpern und ihr lila Mantel... Petrosky versuchte, die Bilder aus seinem Kopf zu verdrängen, während er zum Revier fuhr, aber die Lava in seinen Adern wurde mit jeder Mcilc heißer. Wer hatte sie getötet, und verdammt noch mal, warum sollten sie sie tot sehen wollen?

Als er sein Auto auf dem Parkplatz des Reviers abstellte, schlug sein Herz so heftig, dass seine Hände zitterten. So konnte es nicht weitergehen – er hatte die arme Frau heute Morgen angefahren, und alles, was sie getan hatte, war... *sich zu sorgen*. Um Heather. Er musste es abstellen, so wie er es im Ausland getan hatte, so wie er es im Sand getan hatte, nachdem er Joey hatte sterben sehen.

Plötzlich stanken seine Nasenlöcher nach Schießpulver und Staub.

*Was zum Teufel willst du sein, Junge?*

*Gefühllos, Sir.* Sein eigener Vater hatte keine Träne vergossen, als Sammy starb, hatte nicht einmal einen Tag frei genommen. So kam man durch, so kam man aus dem Krieg nach Hause, und zu lernen, wie man die Welt ausblendete, hatte seinen gesamten Auslandseinsatz wertvoll gemacht. Sammys Tod hatte bis dahin geschmerzt. Aber danach nicht mehr. Und jetzt auch nicht. Aber Heather... Er sog scharf die Luft über zusammengebissene Zähne ein.

Petrosky schaltete den Motor aus und saß in seinem Auto, ließ die schnell abkühlende Luft seine Nebenhöhlen kitzeln und beobachtete die Eiszapfen, die wie Messer vom Dach des Reviers hingen – undurchsichtige Kegel, zu tödlichem Wasser gefroren, glitzernd in der Sonne. Er beobachtete die Eiszapfen. Nur das Eis. Und als Patrick aus dem Gebäude kam und ihm zuwinkte, zitterten Petroskys Hände nicht mehr. Er ließ sich in Patricks Streifenwagen sinken, imitierte seinen Vater in den Tagen nach dem Tod seines Bruders Sammy und formte sein Gesicht zu Stein.

---

Detective Mueller war im Großraumbüro, als Petrosky seine Schicht beendete, der Bierbauch des Mannes drückte gegen die Kante seines Schreibtisches, sein nachlässig geschorenes grau-schwarzes Haar stachelte von seinem Kopf. Er hob sein wammengesicht, als Petrosky sich näherte.

»Irgendwelche Spuren im Mordfall Heather Ainsley?« Fast Heather Petrosky. Fast.

Der Mann verzog das Gesicht bei Petroskys Dienstmarke, als gehöre sein Besucher nicht hierher – weil er es nicht tat. »Hat der Chef dir nicht gesagt, du sollst dich aus diesem Fall raushalten?«

»Scheiß auf den Chef.«

Muellers Augen weiteten sich. Er verschränkte seine fleischigen Arme.

»Was ist wenigstens mit der Waffe? Komm schon, Mann, gib mir 'ne Chance.«

Muellers Kiefer spannte sich an, und einen Moment lang dachte Petrosky, der Detective würde ihn zum Teufel schicken, aber der Mann ließ die Arme sinken und seufzte. »Haben nicht viel. Alles war Schnee, Matsch, keine Möglichkeit, gute Fußabdrücke zu bekommen. Und die Kugel aus der Schulter deines Partners hat auch nicht geholfen – .38 Special, aber ohne eine Waffe zum Vergleich...« Mueller drehte sich wieder zu seinem Schreibtisch um, zurück zu der Akte vor ihm – einem Fall, der offensichtlich wichtiger war als Heathers. »Ernsthaft, der Chef hat dir gesagt, du sollst es sein lassen. Lass uns so tun, als wärst du nie hier gewesen.«

Petrosky wurde wütend. »Ich gehe nicht weg. Jemand sollte sich kümmern, auch wenn sie eine drogenabhängige Hure war.« Er spie die Worte aus. Gott stehe ihm bei, wenn er jemals wie einer dieser abgebrühten Bastarde enden würde – was für eine elende Existenz.

Mueller wirbelte mit hochgezogenen Augenbrauen herum. »Wovon redest du? Niemand hat etwas davon gesagt, dass sie eine Hure war. Sie war nicht wie eine gekleidet, und sie hatte keine Anzeichen von vaginalem Trauma, auch keine Anzeichen von kürzlichem Geschlechtsverkehr – keine Flüssigkeiten.«

Keine Flüssigkeiten? Heather war nicht auf den Strich

gegangen? Er war so bereit gewesen, es zu glauben, so bereit, das Schlimmste von ihr zu denken. Etwas Warmes rieselte Petroskys Rückgrat hinunter.

»Außerdem haben wir mit jeder Hure gesprochen, die in dieser Straße ihr Revier hat, um eine Zeugin zu finden.« Mueller zog die Schultern zurück. »Keine von ihnen kannte sie.«

Petrosky starrte auf den Schreibtisch. Wenn sie nur wegen der Drogen dort gewesen war... war es besser, drogenabhängig zu sein als eine Hure? Aber sie hatte es nie bestritten, sie hatte ihm praktisch gesagt, dass sie eine- »Vielleicht hatte Heather die Frauen, die ihr befragt habt, einfach noch nicht getroffen«, sagte er langsam.

Mueller schnaubte. »Glaub mir – Straßenhuren achten auf frisches Fleisch.«

Petroskys Brust zog sich zusammen, aber eine langsame, warme Schwere hatte sich in seinem Bauch ausgebreitet. Keine Hure, nicht in dieser Nacht. Nur wegen der Drogen dort; die Gegend war dafür bekannt, dass sich dort Dealer aufhielten, aber sie hingen im Freien herum, wo sie verkaufen konnten. Er hatte angenommen, Heather sei hinter die Schule gegangen, um irgendeine sexuelle Handlung für die Pillen zu vollziehen, aber wenn sie das nicht getan hatte... was hatte sie dann dort gemacht? Vielleicht hatte Linda recht – jemand hatte sie gebeten, sich mit ihm zu treffen. »Was ist mit dem Pager? Habt ihr untersucht, wer sie angerufen hat?«

»Kein Pager bei ihr, aber ja, wir haben die Aufzeichnungen überprüft. Der einzige Anruf in dieser Nacht kam von einer Telefonzelle drüben in der Breveport. Wir nahmen an, es war ihr Dealer.«

Breveport, in der Nähe des Obdachlosenheims. Fast an

der gleichen Stelle, an der Petrosky sie in der Nacht verhaftet hatte, als sie sich kennenlernten.

Mueller sah Petrosky in die Augen. »Hör zu, ich hab hier mein Bestes gegeben, okay? Aber es gab nichts, woran man ansetzen konnte. Sie war völlig zugedröhnt, auch wenn sie versuchte, es auszukotzen, als ihr klar wurde, dass sie eine Überdosis nehmen könnte.«

*Auskotzen?* »Das hast du nie erwähnt.«

»Ich war mir nicht sicher, bis die Forensik mit allen Proben von dort fertig war – du hast es gesehen, dieser Ort war ein Chaos.« Mueller informierte ihn: Heather hatte intakte Pillen in ihrem Magen, was er wusste, aber sie hatten weitere intakte Pillen und ihr halb verdautes Abendessen unter dem Schnee vor ihr gefunden, sowie Verletzungen an ihren Knien vom Knien. »Sie hatte auch Abschürfungen im hinteren Teil ihres oberen Ösophagus und Gewebe unter ihren Fingernägeln. Sie hat sich die Finger in den Hals gerammt«, sagte Mueller. »Muss gemerkt haben, dass sie zu viel genommen hatte.«

»Wenn sie sich übergeben hat, bevor die Pillen sich auflösten, hätten die Drogen sie noch nicht getroffen, nicht genug, um sie denken zu lassen, sie hätte eine Überdosis genommen.«

»Sie könnte trotzdem gespürt haben, dass etwas nicht stimmte – Pillen gezählt, gesehen, dass sie mehr genommen hatte, als ihr Körper vertragen konnte.«

Oder... jemand hatte versucht, ihr wehzutun. *Ich glaube, Heathers Tod... Sie war nicht einfach nur eine Süchtige, die versuchte, an Drogen zu kommen.* »Vielleicht wollte sie sie gar nicht nehmen.«

»Wollte sie nicht nehmen...«, spottete Mueller. »Ich weiß, sie war deine Freundin, aber Mann-«

»Wenn sie auf den Knien war, handlungsunfähig,

warum sollte ihr jemand dann den Schädel einschlagen? Selbst wenn sie nicht würgte, waren zwei andere Personen bei ihr, zwei Mörder gegen eine wehrlose Frau. Sie mussten ihr nicht wehtun, um sie auszurauben.« Heather hätte sich bei einem Raubversuch nicht gewehrt - sie konnte kaum mit Fremden sprechen, geschweige denn mit ihnen streiten. Und die Angreifer mussten wissen, dass weder Prostituierte noch Junkies wahrscheinlich die Polizei rufen würden, wenn man ihnen ihre illegalen Substanzen raubte.

»Warum sie töten?«, sagte Mueller ungläubig. »Zum Spaß? Diese Psychos sind völlig durchgeknallt, die Hälfte macht's wegen des Kicks. Aus demselben Grund haben sie ihr auch die Rippen gebrochen. Der Gerichtsmediziner sagt, es sah aus, als hätten sie ihr hinterher auch noch auf die Brust getreten.« Er verzog das Gesicht. »Tut mir leid.«

*Auf sie getreten.* Herrgott nochmal. Galle stieg ihm in den Hals, aber er schluckte sie hinunter und sagte: »Offensichtlich hatten sie vor, sie zu töten - das könnte das Hauptziel gewesen sein.« Linda schien das jedenfalls zu glauben. »Was, wenn sie sie gezwungen haben, die Pillen zu nehmen, um sie zu töten, und als sie sich den Finger in den Hals steckte, kamen sie zurück, um die Sache zu Ende zu bringen?« Sein Kopf fühlte sich an, als wäre er mit Watte gestopft.

»Klar. Ein paar andere Süchtige haben ihr Pillen gegeben, anstatt sie selbst zu nehmen, ihr den Schädel eingeschlagen, ihre Taschen nach mehr Drogen durchsucht und sind dann weggeschlendert, um auf die Polizei zu warten.« Er schüttelte den Kopf. »Raub war das Hauptziel, egal ob der Tod beabsichtigt war oder nicht. Der Täter, den du gesehen hast, war *high* von dem, was auch immer sie ihr gestohlen haben - selbst als er dich und Patrick sah, blieb er einfach stehen.«

Aber der Typ in der Fahrerkabine des Pickups hatte mit beeindruckender Präzision gezielt. Lindas Stimme hallte wieder in seinem Kopf: *Der Detektiv irrt sich damit, dass ihr Tod mit Drogen zu tun hat. Ich glaube, jemand hat sie absichtlich hinter diese Schule gelockt. Ich glaube, Heather kannte die Person, die sie getötet hat - ich glaube, sie war in Gefahr von dem Moment an, als sie angepiept wurde.*

Heather hatte nicht angeschafft, wie Petrosky dachte. Und wenn ein Fünkchen Wahrheit in Lindas Worten steckte, wenn Heather auch keine Drogenabhängige war... dann hatte Petrosky sie vielleicht *doch* gekannt. Oder zumindest genug von ihr. Genug, dass das, was sie zusammen hatten, echt war. Und diese Bastarde hatten sie ihm weggenommen, der blutige Kiffer und sein schießwütiger Freund.

Die Bastarde würden dafür bezahlen.

# KAPITEL ZEHN

İCH HÄTTE NICHT HIERHERKOMMEN SOLLEN. *Wenn Donald irgendetwas wüsste, hätte er es Linda gesagt.*

Petrosky hielt seinen Blick auf den hölzernen Kaminsims gerichtet, wo Heathers Urne ihn anstarrte - lila, aber nicht wie ein blauer Fleck. Lila wie die Lippen einer toten Frau. Und obwohl allein der Anblick der Urne seine Eingeweide verknotete, starrte Petrosky lieber darauf als auf das, wozu Heathers Vater geworden war.

Die Wangen des Mannes waren eingefallen, hohl, die dunklen Ringe unter seinen Augen so ausgeprägt, dass es aussah, als wäre er geschlagen worden. »Du wirst Roscoe bald mitnehmen müssen«, zitterte Donalds Stimme, wahrscheinlich ebenso sehr vor Krankheit wie vor Kummer. »Ich glaube nicht, dass ich mich noch länger um ihn kümmern kann. Nicht ohne Heather.«

Petrosky riss seinen Blick vom Kaminsims los, vorbei am Backsteinkamin, vorbei an der Holzvertäfelung zu dem Pinscher, der auf Donalds Schoß saß. Der Kopf des kleinen Hundes war so winzig, dass ein Mann ihn mit der Faust zerquetschen könnte. Sein Herz zog sich zusammen.

Roscoes Ohren spitzten sich, sein Schwanz klopfte gegen Donalds Bein, aber seine Augen sahen traurig und hängend aus. Vielleicht vermisste der Welpe Heather auch.

»Ich werde versuchen, ein gutes Zuhause für ihn zu finden.« Petrosky blickte auf Donald hinunter, dann auf Roscoe, dessen kleine Welpenaugen wieder geschlossen waren. Wie traurig wäre Roscoe, wenn Petrosky nie von der Arbeit nach Hause käme? Die nächste Kugel aus einem Autofenster könnte treffen. »Ich bin nicht genug zu Hause, um mich um ihn zu kümmern.« Er war jetzt so wenig wie möglich zu Hause; er konnte es nicht ertragen, das Gefühl zu haben, Heather könnte jeden Moment mit Lebensmitteln fürs Abendessen oder einem ausgeliehenen Film durch die Tür kommen. Unlogisch, ja, aber es tat weh, diese Hoffnung jeden Abend zerschlagen zu sehen. Und selbst der Gedanke an einen Umzug fühlte sich an, als würde er sie im Stich lassen.

Donald schniefte, den Blick auf den Hund gerichtet. »Ich werde heute Abend beim Bingo einen der Jungs fragen.«

Bingo. Donalds einziger großer Ausflug jede Woche - es schien, als würde auch er versuchen, es zu vermeiden, allein zu Hause zu sitzen.

»Das ist eine gute Idee.« Die Stille dehnte sich aus, während Donald aus dem Fenster starrte... nein, *über* das Fenster hinaus starrte. Auf das Kruzifix. Petrosky wünschte sich plötzlich Schmirgelpapier, wollte diese geschnitzten Wunden zu glattem Holzfleisch reduzieren.

Donald legte seine Hand auf Roscoes Rücken und streichelte ihn, mit zitternden Fingern, hin und her, hin und her. Auf dem Sofa lag eine Papiertüte an einem braunen karierten Kissen; der Salat, den Petrosky von einem Fast-Food-Restaurant mitgebracht hatte, am Tag, als sie zur

Kirche gegangen waren, um das einzusammeln, was von Heather übrig geblieben war. Eine Seite des weißen Papiers war mit dunklem Flaum gesprenkelt. Bald würde der Schimmel auf den Kissen sein und sich wie ein Virus ausbreiten, bis er alles in diesem Haus übernommen hätte, die kargen Wände verdecken, die einzige einsame Zimmerpflanze auf der Fensterbank ersticken und den kleinen kläffenden Hund in einer Decke erstickender Schwärze ersticken würde.

Donald konnte hier nicht ohne Hilfe bleiben, selbst wenn jemand Lebensmittel kaufte und zum Putzen käme. Heather hatte sich geirrt, als sie meinte, er sei selbstständig. Dieser Ort würde ohne sie auseinanderfallen.

Aber das war nicht der Grund, warum Petrosky heute Abend hier war. Lindas Worte - *Der Detektiv lag falsch damit, dass es drogenbedingt war. Ich glaube, sie kannte die Person, die sie getötet hat* - hallten in seinen Ohren nach. Wenn es auch nur die geringste Chance gab, dass sie sich nicht mit einem Dealer getroffen hatte; wenn sie aus irgendeinem anderen Grund getötet worden war... er musste der Sache auf den Grund gehen. Und Donald wusste vielleicht mehr, als er dachte.

Donald wischte sich mit einer Hand über die Stirn und verzog das Gesicht.

»Wie sind deine Schmerzen, Donald?«

»Okay.«

»Ich habe mit Linda gesprochen, der Pflegerin, die manchmal vorbeikommt. Es hört sich an, als würden deine Medikamente nicht so gut wirken, wie sie könnten.«

»Sklaven der Pillen, der Flasche... die Konsumenten werden verdammt werden. Ich habe meinen Glauben. Ich brauche keine Drogen.«

Donald dachte offenbar, dass Süchtige direkt in die

feurigen Gruben der Hölle kamen. Hatte ihm jemand von den Drogen in Heathers System erzählt? »Donald... willst du mir damit sagen, dass du deine Schmerzpillen überhaupt nicht nimmst?«

»Jesus hat für uns gelitten.« Seine Augen wurden glasig. »Wir schulden ihm das auch - unser Leiden.«

Aber Petrosky hörte kaum zu. Donald hatte seine Pillen nicht genommen, aber Heather hatte diese Rezepte jede Woche für ihn eingelöst. Er hörte wieder Lindas Stimme: *Sie war nicht einfach eine Süchtige, die versuchte, an Stoff zu kommen.* Aber Mueller könnte auch etwas auf der Spur sein, wenn Heather die Pillen von ihrem Vater gestohlen hatte, um sie zu verkaufen. Ein Raub, der schiefgegangen war.

»Hat Heather jemals deine Pillen genommen, Donald?«

»Auf keinen Fall.« Sein Kopf schnellte in Petroskys Richtung, die Kiefermuskeln angespannt. »Heather war ein gutes Mädchen«, flüsterte er, mit leiserer Stimme. »Ein gutes, gutes Mädchen.«

Gut war irrelevant. Gute Menschen taten ständig schlechte Dinge. »Donald, der Tatort, wo sie starb-«

Er hob eine zitternde Hand, und Roscoe hob den Kopf, starrte Petrosky an, ebenfalls aufgeregt. »Ed, ich sage dir dasselbe, was ich diesem Detektiv gesagt habe - ich will es nicht wissen. Kein Mann möchte von den letzten schrecklichen Stunden seines Kindes hören...« Er wandte sein Gesicht ab.

Aber welcher Mann könnte leben, wenn er wüsste, dass der Mörder seines Kindes noch da draußen war? Wenn Petrosky eine Tochter hätte, würde er alles in seiner Macht Stehende tun, um den Bastard zu finden, der ihr wehgetan hatte. *Scheiß drauf.* Wenn Donald das nicht für seine

Tochter tun würde, würde Petrosky es für seine Braut tun - und Donald hatte mit ihr zusammengelebt, er musste etwas wissen. »Heather hatte Drogen in ihrem Magen«, sagte Petrosky, bevor er es sich anders überlegen konnte. »Die Polizei denkt, sie wurde deswegen getötet, dass sie süchtig war.«

Donald wirbelte zu Petrosky zurück. Seine Augen blitzten vor Zorn. »Du kannst doch unmöglich glauben-«

»Das tue ich nicht.« *Zumindest glaube ich das nicht.* »Aber ich will wissen, warum sie gestorben ist - ich muss es wissen, eine Erklärung haben, oder jedes Mal, wenn ich die Augen schließe, muss ich sie so sehen, wie sie war, als ich sie fand. Ich kann dieses Bild nicht aus meinem Kopf bekommen.«

Donald wandte sich wieder ab und starrte auf das Kreuz, vielleicht überlegend, welcher Schmerz schlimmer war - Nägel durch deine Hände oder unsichtbare Nägel durch dein Herz. »Vielleicht ist sie in diesem Obdachlosenheim auf ein paar schlechte Leute gestoßen«, sagte er langsam. »Ich habe ihr gesagt, dass es eine schlechte Idee sei, dort zu arbeiten. Aber Heather... sie wollte Menschen helfen.« Seine Unterlippe zitterte. *Ein gutes, gutes Mädchen.*

Aber Mueller hatte die Mitarbeiter des Heims bereits befragt, wegen des Anrufs, den Heather von der Telefonzelle davor erhalten hatte. Nur wenige von ihnen hatten je mit ihr zu tun gehabt, und die einzige Person, über die Heather gesprochen hatte, war Gene, der sie wegen ihres Dienstplans anrief. »Hast du etwas von Heathers Freundin Gene gehört?«, fragte er. »Wenn sie irgendetwas über Heather weiß, irgendetwas...«

»Ich glaube nicht, dass er viel weiß.«

*Er?* »Warte, Gene ist ein Mann?«

Donald nickte. »Rief hier früher ständig an, hatte was für sie übrig, aber er war nicht ihr Typ.« Er schüttelte den Kopf und verzog das Gesicht, aber in Donalds Augen blitzte etwas auf, ein Hauch von... Selbstgerechtigkeit. »Ging überhaupt nicht in die Kirche, arbeitete nur im Obdachlosenheim. Verdammte Heiden. Pater Norman sollte es eigentlich besser wissen.«

Heiden. *Ich frage mich, wie sauer er war, als Heather anfing, mit mir auszugehen.* »Hast du Gene je getroffen?«

»Kam ein paarmal hier vorbei. Streberhafter Typ, so einer, den man auf der Straße nicht zweimal anschauen würde.« Donald schnaubte laut und zuckte mit den Schultern.

Aber diejenigen, die man nicht zweimal anschauen würde, waren manchmal die gefährlichsten. Die winzige Schwarze Witwe. Der Sportler auf dem Footballfeld mit seinem glänzenden blonden Haar, grinsend, perfekt... bis er dich mit nach Hause nahm und dir das Gesicht polierte.

»Jemand von der Arbeit?«, sagte Donald gerade. »Sie hat nie über diese Leute gesprochen, aber wenn jemand dort sie nicht mochte... Ich kann mir das nicht vorstellen, aber...«

Heather arbeitete nirgendwo außer im Obdachlosenheim. Allein die Pflege von Donald war ein Vollzeitjob. »Sie hatte keinen anderen Job, Donald.«

»Wovon redest du da? Natürlich hatte Heather einen Job.«

Wurde der alte Mann senil? »Wo-«

»Sie machte Buchhaltung.«

»Für wen?«

»Oh, ich bin mir nicht ganz sicher. Banken und so.«

*Was zum...?* Nein, das ergab überhaupt keinen Sinn. »Banken haben interne Buchhalter, Donald.«

»Hör auf, mich so anzusehen, Ed.« Er funkelte ihn an. »Sie macht das schon, seit sie ein Kind war - seit ihre Mutter gestorben ist. Wenn sie nicht gewesen wäre... Ich weiß nicht, was ich getan hätte.« Seine Augen füllten sich mit Tränen, und er hob eine zitternde Hand, um sie von seiner Wange zu wischen. »Du kannst in ihrem Zimmer nachsehen. Dort hat sie die Akten aufbewahrt, an denen sie arbeitete. Ich komme nicht an sie ran mit...« Er deutete auf den Rollstuhl. »Zu schwierig, da reinzumanövrieren.«

Petrosky ging den Flur hinunter, Donalds quietschender Rollstuhl hinter ihm, vorbei am Badezimmer, dann am Gästezimmer, wo ein altes Laufband in der Ecke lauerte, ein Überbleibsel aus längst vergangenen Zeiten, als Physiotherapie noch Fortbewegung bedeuten konnte. Jetzt machte Donald Physiotherapie nur noch, um Muskelschwund zu vermeiden. *Papa will das Laufband nicht weggeben, auch wenn er es nicht benutzen kann; er hat Schwierigkeiten, Dinge loszulassen.* Petroskys Brustkorb wurde eng. Eines Tages würde man ihn vielleicht mit fünfundfünfzig tot auffinden, Heathers Notizbücher in der Faust, seine unbenutzen Laufschuhe rissig und staubig unter dem Bett.

Heathers Türknauf fühlte sich ungewöhnlich heiß in seiner Hand an, und er drückte ihn mit einem Geräusch auf, das weniger ein Knarren und mehr ein Schrei war. Donald hielt seinen Rollstuhl am Eingang an - der Türrahmen war ein wenig zu schmal, als dass er hätte folgen können.

Heathers Schreibtisch stand an der hinteren Wand, winzig, strahlend weiß vor der leuchtend purpur-rosa Tapete. *Lavendel*, flüsterte sie in sein Ohr. Keine Andenken, keine Unordnung, keine Bilder. Der offene Kleiderschrank zeigte ein langes, leeres oberes Regal und eine Reihe von Sommerkleidern, all die Sachen für die andere Jahreszeit, die sie noch nicht zu Petroskys Haus gebracht hatte.

»Untere Schublade, glaube ich«, sagte Donald hinter ihm. »Ich habe gesehen, wie sie ihre Akten einmal dort hineinwarf.«

Petrosky ging über den Hochflorteppich - babyblau, verfilzt, aber sauber - und bückte sich. Er erwartete ein Quietschen, als er die Schublade öffnete, aber sie war unheimlich leise, als hätte jemand die Schiene geölt. *Hm.* Aktenordner lagen darin gestapelt, alle knackig und sauber, als hätte sie sie gerade erst gekauft, keine der Knicke, die seine eigenen Akten vom dutzende Male Öffnen und Schließen hatten. Er nahm den obersten und schlug ihn auf. Kariertes Papier mit Zahlenreihen in jeder Zeile von oben bis unten, angeordnet in acht Spalten.

»Was ist das alles?«

Donald zuckte mit den Schultern, und Roscoe öffnete die Augen und funkelte Petrosky erneut an, weil er seinen Schlaf störte. »Ich war nie gut in Mathe.«

Das war keine Mathematik - oder Buchhaltung. Es sollten Beschriftungen an den Zeilen sein, Details für jede Ausgabe oder Einnahmequelle, irgendetwas, das erklärte, was die Zahlen darstellten. Nicht einmal die Ordner selbst waren mit Firmennamen oder Jahren beschriftet. Er blätterte zur nächsten Seite: Drei unbeschriftete Spalten mit scheinbar zufälligen Zahlen, eins bis hundert. Aber die nächste Seite war leer. Genauso wie die danach. Petrosky blätterte weiter und weiter - mindestens zwanzig weitere Seiten, alle leer, als hätte sie ein Ries Millimeterpapier gekauft, nur um die Akten zu füllen, aber auf der Rückseite eines Blattes ganz hinten war eine kleine Notiz, kaum sichtbar... weil jemand sie ausradiert hatte. Er hielt es gegen das

Licht: »Big Daddy« in Fünfzehnjährige-Mädchen-Blasenbuchstaben, in einem winzigen Herz.

Big Daddy klang nicht nach einem Buchhaltungskunden oder auch nur einem Freund - Big Daddy klang nach einem Zuhälter. Und was war mit all den Papieren? Es sei denn... sie wollte, dass Donald dachte, sie würde etwas Legales tun. *Was zum Teufel geht hier vor?*

Petrosky klemmte sich die Akte unter den Arm. Entweder waren dies echte Zahlen von einem echten Buchhaltungsjob, den sie auf wundersame Weise bekommen hatte, als sie fünfzehn war, oder sie hatte die Ordner gefälscht, damit ihr Vater nicht misstrauisch wurde wegen des Geldzuflusses.

Petrosky setzte auf Letzteres.

Und wenn das stimmte, woher kam dann ihr Geld? Kein Zweifel, dass dies mit ihrem Tod zusammenhing. Petrosky drehte sich um. Donald beobachtete ihn vom Türrahmen aus, die Stirn gerunzelt, eine Hand auf Roscoes Rücken, die Räder seines Stuhls knapp hinter der Türzarge. Petrosky kniff die Augen zusammen und bemerkte einen winzigen Haarriss, der entlang der Türverkleidung verlief... und die Verkleidung um den Rahmen herum schien dicker als üblich. Er machte einen Schritt näher. Ja, dieser Riss ging um die ganze Tür herum, eine winzige Linie, die die ursprüngliche Verkleidung von der zusätzlichen Schicht trennte, die jemand angebracht hatte.

»Ich... Kann ich dir helfen, Ed?«

Petrosky wandte seinen Blick ab - es musste ausgesehen haben, als würde er den Mann anstarren. »Nein, nichts, wobei man helfen müsste.« Nur etwas, das es zu verstehen galt. Heather hatte ein zusätzliches Holzstück am bestehenden Rahmen angebracht und so sichergestellt, dass Donald nicht hereinrollen konnte, um herumzuschnüffeln -

definitiv versteckte sie etwas. *Zumindest bin ich nicht der Einzige, den sie angelogen hat.*

»Wenn du die Ordner ins Wohnzimmer bringen willst, kann ich mit dir durchsehen«, sagte Donald. »Es ist nur schwierig, sich fortzubewegen, das ist alles.« Petrosky blickte zurück und sah, wie Donald mit zitternder Hand seinen Oberschenkel rieb. »Es ist schwierig gewesen, die meisten Dinge zu tun... seit Heather weg ist.«

»Das kann ich mir vorstellen.« Und das würde sich nicht bessern. Selbst Petrosky erledigte nur das Nötigste in seinem Haus, und er hatte zwei funktionierende Beine. »Vielleicht sollten wir anfangen, uns nach Pflegeheimen umzusehen, Donald.« Petrosky würde ihm helfen, das Haus zu verkaufen, aber er würde ihre Akten heute Abend mit nach Hause nehmen und jedes Blatt durchsehen, bis er eine Antwort hatte.

Donald schüttelte den Kopf. »Ich kann mir das nicht leisten, nicht ohne Heather.«

Der Raum heizte sich auf. »Du zahlst hier genauso viel, zwischen Hypothek und Pflegeunterstützung. Nimm einfach das Geld, das du dafür verwendest, und steck es in eine betreute Wohneinrichtung.«

»Ich kann mir dieses Haus auch nicht mehr leisten.«

Aber er hatte es sich leisten können, als Heather noch hier war - als sie »Buchhaltung« machte. Der Ordner unter Petroskys Arm wog eine Tonne. »Willst du damit sagen, dass Heather... dass deine Tochter sich um die Rechnungen gekümmert hat?« Seine Stimme kam als Flüstern heraus.

Donalds Finger strichen immer wieder über Roscoes Kopf. »Ich habe dieses Haus gekauft, nachdem ihre Mutter gestorben war - ich konnte es nicht ertragen, das Zimmer anzusehen, in dem Nancy... sich erschossen hat. Aber das

Geld vom Verkauf des alten Hauses war schnell weg, und mit den Arztrechnungen -«

»Du sagst mir, dass deine fünfzehnjährige Tochter deine Hypothek bezahlt hat?« *Er wird schon klarkommen. Ich spare schon, seit meine Mutter gestorben ist, nur für den Fall.* Petrosky hatte gedacht, sie hätte Donalds Geld für ihn verwaltet. Er hatte etwas Wichtiges übersehen. Aber Donald auch.

Petrosky ging zum Kleiderschrank, sein Herz hämmerte in seinem Hals, er durchsuchte die Taschen ihrer Frühlingsjacken, fuhr mit den Fingern über die Rückwand, suchte nach Geheimfächern, hob die Kanten des Teppichs an. Nichts.

»Wonach suchst du da drin, Ed?«

Er konnte nicht antworten - die Hitze in seiner Brust versengte seine Stimmbänder. *In was warst du verwickelt, Heather?* Wonach suchte *er*? Beweise dafür, was sie mit fünfzehn wirklich getan hatte, da niemand eine so junge Buchhalterin eingestellt hätte - und sie unmöglich genug mit einem legalen Nebenjob nach der Schule verdient haben konnte. Aber musste er überhaupt suchen? Sie hatte tausend Gründe gehabt, zu leugnen, dass sie eine Prostituierte war, und sie hatte es nie getan, nicht ein einziges Mal. Und was sonst hätte sie in so jungem Alter tun können, das genug eingebracht hätte, um einen ganzen Haushalt zu finanzieren?

»Bitte, Ed, hör einfach... auf.«

Petrosky schluckte hart. Er fuhr mit den Fingern unter den Schreibtisch - suchte er nach einem Schlüssel? Einer Notiz? - aber fand nichts. Die anderen Schubladen enthielten einen Lippenbalsam und ein einsames Kaugummi. Staubflusen wirbelten unter dem Bett. Fünfzehn Jahre alt. Verdammt. Aber Mueller hatte gesagt, dass nicht eine einzige andere Prostituierte Heather erkannt hatte, also konnte sie nicht jede Nacht ein Jahrzehnt lang auf dem Strich gewesen sein. War sie eine Escort gewesen? Ein Callgirl? Alles, was sie brauchte, war ein reicher Sugar Daddy... *Big Daddy*. War das der Grund, warum sie ihn so genannt hatte?

Muellers Erklärung war immer noch eine Möglichkeit: Drogen. Sie könnte gedealt haben, entweder damals oder jetzt. Er konnte nichts beweisen, aber... keine andere Erklärung passte so gut. Manchmal war die richtige Antwort die offensichtlichste. Anschaffen oder Drogen - beides hätte schnelles Geld gebracht. Beides zusammen noch mehr.

Donald beobachtete ihn. Ob dumm oder blind, es spielte keine Rolle - anderswo wäre es ihr besser gegangen. Sein Herz raste, als er sich Heather mit fünfzehn vorstellte, ihre Augen weit und tränenreich - verzweifelt. Wie sie Gott weiß was tat, um genug zu verdienen, um die Hypothek ihres Vaters zu bezahlen. *Gott weiß was.* Er konnte sich das Was vorstellen. Er sah sie wieder vor sich, die Hose um die Knöchel, ein fremder Mann hinter ihr, stöhnend, stöhnend...

Petrosky griff nach dem Ordner vom Schreibtisch und schlug ihn vor Donalds Gesicht auf. Dem Mann klappte der Kiefer herunter. »Was ist das?«

»Woran deine Tochter gearbeitet hat.«

»Die sind leer.«

»Sie war keine Buchhalterin - sie war ein Callgirl... oder eine Dealerin.« Das musste es sein. Welche andere Erklärung gab es?

Donalds Kiefer klappte herunter. »Nein. Nein, das ist unmöglich -« Seine Finger erstarrten auf Roscoes Halsband, und der Hund jaulte auf, als hätte Donald ihn gekniffen.

Donald zog seine Hand weg, und Roscoe sprang von dem Schoß des Mannes und flitzte den Flur hinunter.

»Wie konntest du keine Ahnung haben, wenn du ihr Geld genommen hast, Monat für Monat -«

»Sie sagte, sie sei ehrlich an das Geld gekommen, dass sie arbeite, und ich konnte nicht... Wir wären auf der Straße gelandet.« Donalds Nasenflügel blähten sich, seine Unterlippe zitterte. »Ich hätte sie an irgendeine Pflegefamilie verloren, die ihr nicht hätte helfen können, nicht so, wie sie Hilfe brauchte - gerettet werden musste.«

»Gerettet?« *Du selbstsüchtiges Arschloch.* Väter sollten ihre Kinder nicht ausnutzen; sie sollten sie beschützen. »Du denkst, du hast sie gerettet, indem du sie gezwungen hast, sich um die Rechnungen zu kümmern? Gott weiß, was sie tun musste, um -«

»Du liegst falsch!« Aber das Zittern seiner Lippe verriet Petrosky, dass Donald schon lange etwas Ungesetzlicheres als Buchhaltung vermutet hatte, und der Mann war nicht dumm. Aber er hatte nie etwas getan, um seiner Tochter zu helfen.

Donald richtete sich auf, und für einen Moment hörte das Zittern auf, und seine Schultern wurden kerzengerade, wie sie es in seiner Jugend gewesen sein mussten, bevor die Krankheit die Oberhand gewann. Dann sackte er wieder in sich zusammen. »All der Schmerz, den ich je hatte... nichts davon kommt an den Schmerz in meinem Herzen jetzt heran, Ed. Ich bete, dass du nie den Verlust eines Kindes erleiden musst.«

*Werde ich nicht.* Petrosky wäre lieber für immer allein, als zu riskieren, wieder zu lieben - und zu verlieren.

»Erst dieser Detektiv, dann die Sozialarbeiterin, und jetzt du...« Donald murmelte jetzt, schüttelte den Kopf. »Redet miteinander und lasst mich in Ruhe. Heathers

Körper, Heathers Finanzen... jedes Mal ist es ein weiterer Dolchstoß in mein Herz.«

*Heathers Finanzen. Der Detektiv, die Sozialarbeiterin und jetzt du...* War Linda wieder hier gewesen, seit sie gesprochen hatten? Wusste sie von Heathers mysteriösem Job?

»Wann war die Sozialarbeiterin hier?«

Donald pausierte so lange, dass Petrosky dachte, der Mann hätte ihn nicht gehört. Dann: »Ich dachte, sie hätte mit dir gesprochen. Ist das nicht der Grund, warum du nach Geld fragst?« Donald berührte seinen leeren Ringfinger, vielleicht erinnerte er sich an eine Zeit zurück, bevor er eine Frau hatte, bevor er eine Familie hatte, bevor Heather überhaupt existierte. Zurück, als er taub war. Diese Momente vermissend für ihre Schmerzlosigkeit. »Sie war gestern Abend hier«, sagte Donald, kaum lauter als ein Flüstern. »Jetzt geh.«

Gestern Abend. Linda ermittelte immer noch.

Linda wusste etwas, das Petrosky nicht wusste.

# KAPITEL ELF

Laut der Rezeptionistin im Büro für Sozialarbeit sollte Linda um fünf Uhr Feierabend machen, aber es war bereits achtzehn Uhr fünfunddreißig, und sie war immer noch nicht aus dem Gebäude gekommen. Die Dunkelheit um Petrosky herum fühlte sich dichter an als zu dem Zeitpunkt, als er seinen Grand Am am hinteren Ende des Parkplatzes, außerhalb der Reichweite der Straßenlaternen, geparkt hatte, und noch beengender, nachdem sich der Himmel hinter den frischen Sturmwolken zu Anthrazit verdunkelt hatte. Um achtzehn Uhr fünfundvierzig öffnete sich der Himmel und schüttete Massen von nassem Schnee – von Graupel bis Hagel – auf den Parkplatz... und auf seine Windschutzscheibe.

Was machte er hier eigentlich? Verfolgte er eine Frau? *Zahlte er es ihr heim.* Sie ermittelte offensichtlich in Heathers Fall und schnüffelte deshalb bei Donald herum, aber hoffentlich machte sie einen besseren Job als dieser Arschloch-Detektiv, der kaum die Autopsie abgewartet hatte, bevor er Heathers Fall zu den Akten legte. Petrosky zündete sich eine Zigarette an und ließ den Qualm seine

Lungen verengen und seinen Verstand schärfen. Er machte sich nicht die Mühe, das Fenster einen Spalt zu öffnen, schaltete aber die Scheibenwischer ein; der Schnee hatte ihn bereits in einer Blase aus glitzerndem Matsch eingeschlossen.

Um zwanzig nach sieben öffnete sich die Glastür und reflektierte den gelblichen Schein der Straßenlaternen auf die Büsche neben dem Gehweg. Linda zog ihren Mantel enger um sich, als sie zum hinteren Teil des Parkplatzes eilte, wo ihr Buick LeSabre in einer Reihe mit Petroskys Wagen stand. Ihre Kennzeichen zu überprüfen, würde von den Chefs nicht gern gesehen werden, aber es war eine Kleinigkeit – nicht so, als wäre ein Verstoß gegen das Protokoll ein Dammbruch, der dazu führte, das Verfahren gänzlich über Bord zu werfen.

Auch wenn es ihm die Sache erleichtert hatte.

Er schaltete die Scheibenwischer aus und beobachtete Lindas Silhouette durch den fallenden Schnee, ihre Schritte hallten auf dem gesalzenen Asphalt, und als sie dreihundert Fuß entfernt war, klemmte er sich die Zigarette zwischen die Zähne und stieg aus dem Auto. Sie erstarrte mitten auf dem Parkplatz. Beobachtete ihn mit geballten Fäusten an den Seiten.

»Linda?«

Ihre Muskeln waren angespannt wie die einer Gazelle, die zum Sprung bereit war, aber ihre Schultern entspannten sich, als sie ihn erkannte. Sie marschierte zu ihm herüber. »Was machst du hier draußen? Du hast mir einen Riesenschreck eingejagt!«

»Sag mir, was du über Heathers Fall weißt.«

»Ich habe dir doch schon gesagt, was-«

»Ich komme gerade von Donald Ainsleys Haus«, sagte er, und ihre Augen verengten sich, ihr Atem bildete Wolken um sie herum. Schnee blieb an ihren Wimpern hängen – *wie bei Heather, wie bei Heather* – und er musste dem Drang widerstehen, ihn wegzuwischen. Stattdessen atmete Petrosky Eis in seine Lungen und ließ es seinen hektischen Atem beruhigen.

»Warum warst du dort, Linda? Was weißt du?«

Sie starrte einen Moment lang, dann: »Ich habe einige... Unstimmigkeiten in Donalds Unterlagen gefunden.« Sie verschränkte die Arme und zitterte. »Bevor Heather starb, hatte ich angeboten, zusätzliche Ressourcen für ihren Vater zu finden. Sie lehnte ab, sagte, es sei geregelt.« Sie blickte zum Gebäude zurück, als hoffte sie, jemand würde herauskommen und sie von dieser Befragung erlösen, oder vielleicht um sicherzugehen, dass sie allein waren – was Linda tat, gehörte nicht zu ihrer Stellenbeschreibung. Aber niemand sonst kam durch die Türen. Das Gebäude hätte eine Fata Morgana sein können, halb verdeckt durch das Chaos, das immer noch vom Himmel fiel.

»Heather hatte recht: Es *war* geregelt«, sagte Linda. »Donald bekam die meisten seiner Leistungen über den Staat, sogar Physiotherapie, obwohl er die nicht mehr brauchte. Aber er brauchte die häuslichen Pflegekräfte, für die Heather aus eigener Tasche zahlte, und letzte Woche ist einer dieser Schecks geplatzt.«

»Oh, ich verstehe. Du hast dein Geld nicht bekommen, also dachtest du, du jagst Donald hinterher, um es zu kriegen?«

»Ich arbeite für die Stadt. Ich bin nicht die Inkassoabteilung.« Ihre Augen waren so feurig, als könnten sie durch die Schneeflocken und in sein Gehirn brennen, und Petrosky trat einen Schritt zurück. »Ich bin dort hingefahren, weil Donald, wenn die Schecks platzten, neue Leistungen über den Staat benötigen würde, und ich musste sicherstellen, dass er sie erhält.«

»Das und um ein bisschen mehr in Heathers Fall herumzuschnüffeln.«

»Gerade du solltest doch wollen, dass die Wahrheit ans Licht kommt! Ich musste die Wahrheit wissen, nach meinem Freund...« Sie rieb ihre Arme mit ihren behandschuhten Händen und für einen Moment sah sie zehn Jahre jünger aus, der Schleier aus schwebendem Eis umrahmte ihren Kopf im Schein der Straßenlaterne, ihre haselnussbraunen Augen reflektierten das Licht wie Leuchttürme, ihre Wangen cherubinisch rosa vor Kälte. »Hör zu, können wir woanders hingehen? Ich werde dir alles erzählen, was ich kann« – sie blickte wieder zum Gebäude zurück – »nur nicht hier draußen. Es ist eisig.«

»In Ordnung. Willst du was trinken gehen?« Er brauchte definitiv einen Drink, und wenn es Lindas Zunge lockern würde...

Sie nickte und ging zu seinem Auto. »Du fährst. Ich bin müde.«

Ihre Schritte waren gedämpft auf der Niederschlagshaut des Asphalts, *tapp, tapp, tapp*, vermischt mit dem *tick ticke-tick* des immer noch fallenden Eises. Linda blieb an seiner Beifahrertür stehen, aber er ging weiter zum Kofferraum und schob seinen Schlüssel ins Schloss. Die frische Flasche Jack Daniel's glänzte matt.

»Müssen nirgendwo hinfahren«, sagte er und knallte den Kofferraum mit einem *Klonk* zu. »Ich habe die Bar dabei.«

»Du willst im-«

»Macht es einfach.« Er war hier, um Informationen zu bekommen, nicht um auf ein verdammtes Date zu gehen.

Das Schnurren des Motors übertönte die Umgebung,

das Innenlicht tauchte sie in einen schwachen Schein, der von den schneeverkrusteten Fenstern reflektiert wurde – wie gefangen in einer frisch geschüttelten Schneekugel. Er öffnete den Verschluss und reichte ihr die Flasche. Sie starrte einen Moment lang, nahm sie aber und kippte einen Schluck hinunter, verzog das Gesicht und gab sie ihm zurück.

»Also erzählen Sie mir, Ms. Davies, was genau glauben Sie zu wissen?« Die trockene Luft aus den Heizungsöffnungen dörrte seine Nasenlöcher aus, während der Alkohol seine Kehle hinunterbrannte.

Sie wandte den Blick ab und kniff die Augen zusammen, um durch die Windschutzscheibe in den Sturm zu spähen. »Die Leistungen für Heathers Vater, die häuslichen Pflegekräfte, die ich erwähnte... Heather bezahlte diese mit Schecks von einem Gemeinschaftskonto.«

Er stellte die Flasche auf die Mittelkonsole und wärmte seine tauben Fingerspitzen über der Heizungsöffnung. »Na und? Wenn Heather die Rechnungen ihres Vaters bezahlte, macht es Sinn, dass sie ein gemeinsames Konto hatten.«

»Ihr Vater war nicht der andere Name auf dem Konto«, sagte Linda. »Ich habe wegen des geplatzten Schecks angerufen, und sie gaben mir einen anderen Namen: Otis Messinger.« Sie fuhr sich frustriert mit den Fingern durchs Haar. »Aber er ist nicht beim Kraftfahrzeugamt gemeldet, und die Sozialversicherungsnummer für Messinger, die Heather der Bank gegeben hat, war gefälscht – und ich sage ›Heather‹, weil niemand in der Bank diesen Messinger je gesehen hat, nicht ein einziges Mal in den letzten zehn Jahren, seit sie das Konto eröffnet haben.«

Petrosky griff erneut zur Flasche. Heather hatte zehn verdammte Jahre lang ein Bankkonto mit irgendeinem anderen Mann gehabt, und so sehr er sich auch anstrengte, er konnte sich keinen Grund vorstellen, warum ein Mann ihr mit fünfzehn so viel Geld zahlte, es sei denn, er ließ sie etwas Illegales tun. Sein Blut kochte so heiß, dass er schockiert war, dass der Schnee, der um das Auto fiel, nicht bei Berührung schmolz. Er kippte einen weiteren Schluck hinunter.

»Das ist noch nicht alles.« Linda nahm die Flasche, ihr Kiefer angespannt. »Am Tag nach Heathers Tod war das Geld weg. Genug für weitere fünf Jahre Pflege für Donald, abgehoben in einer einzigen Überweisung – und Messinger war der Einzige mit Zugang zu den Geldern.« Sie hob die Flasche an, der Jack glühte bernsteinfarben im gedämpften Schneelicht. »Deshalb ist der Scheck geplatzt.«

*Er wird schon klarkommen. Ich spare schon, seit meine Mutter gestorben ist – nur für den Fall.*

Linda zog ihren Mantel enger, zitternd.

Heather hatte Geld gehabt, mehr als genug, damit ihr Vater bis zu seinem Tod in seiner eigenen Wohnung bleiben konnte. Und dass jemand am Tag nach ihrem Tod das Geld abgehoben hatte, war zu zufällig. Dieser Otis Messinger... hatte er sie wegen des Geldes getötet? Oder vielleicht war er der Mann, der sie beschäftigt hatte. Diese Big-Daddy-Sache könnte nur eine Kritzelei gewesen sein, aber... es fühlte sich nach mehr an.

»Ich bin Donald besuchen gegangen, um zu sehen, ob er wusste, wer Otis Messinger war, ob Heather Kontoauszüge hatte, irgendetwas, das mir helfen könnte zu beweisen, dass etwas nicht stimmte, aber er schien ahnungslos. Ich habe trotzdem weiter ermittelt, und letzte Nacht habe ich etwas im Obdachlosenheim gleich die Straße rauf gefunden, dem Ort, von dem Heathers letzte Seite kam.«

»Woher weißt du, wo Heathers-«

»Ich arbeite seit fünf Jahren mit deiner Abteilung

zusammen. Ich habe auch meine Quellen.« Sie schnüffelte, selbstgerecht.

Mit wem zum Teufel arbeitete sie dort? Jemand, den er kannte? Nein, das war jetzt nicht das Problem. Die Stille dehnte sich aus, aber sie war trotz ihrer Anspannung wegen des Falls nicht unangenehm. Die einzige andere Person, mit der er routinemäßig Stille geteilt hatte, war Heather gewesen, aber sie liebte die Ruhe mehr als die meisten; beide ihre Väter schätzten Kinder, die man sah, aber nicht hörte.

»Also, das Obdachlosenheim...«, sagte er.

»Es scheint, dass einer ihrer Stammbesucher – ein Mustergast nach aller Aussage – eine Woche nach Heathers Tod rückfällig wurde. Und nichts löst einen Rückfall so aus wie Stress... oder Schuldgefühle.«

*Das ist alles?* »Ein obdachloser Süchtiger wird rückfällig?«, spottete er. »Wie wahrscheinlich ist das denn?«

»Ich weiß, ich weiß, aber er hatte sein Leben in den Griff bekommen, Arbeit gefunden – oder so nahmen sie an, denn in den Wochen vor ihrem Tod verließ er das Heim jeden Morgen gut gekleidet: Khakihosen und Hemden und was sie 'klackernde Schuhe' nannten, die die anderen Bewohner weckten, wenn er früh aufstand. Viele Leute tragen solche Uniformen, Kaufhäuser, Technikläden, sogar Restaurants, aber...«

Die Khakihosen. Die Wingtips. Könnte dieser Mann derjenige sein, den Petrosky auf dieser verschneiten Straße gesehen hatte, der Mann, der mit Heathers Blut bedeckt war? *Der Mann, der sie getötet hat.* Wenn ja, könnten das Geld und das Bankkonto unzusammenhängend sein; ein obdachloser Süchtiger würde nicht in einem Heim schlafen, wenn er fünf Jahre lang Heathers Gelder zur Verfügung hätte. Vielleicht ging es bei ihrem Tod wirklich um

Drogen, und Messinger hatte seine Gelder zurückgenommen, als er erfuhr, dass sie tot war.

»Warum wusste der Detektiv in Heathers Fall nichts von einem Typen, der Kleidung trug, die zu Heathers Mörder passte? Ich weiß, dass Mueller im Heim war.«

»Die Leute im Heim vertrauen Bullen weniger als Sozialarbeitern – ich bin da, um Dienste anzubieten, nicht um sie wegen Herumlungerns zu verhaften. Und es ist möglich, dass niemand dachte, es sei relevant, es sei denn, der Detektiv hätte speziell nach der Kleidung gefragt. Dieser Typ ist sowieso nur ein paar Tage die Woche da – niemand weiß, wo er den Rest der Zeit schläft oder wo er arbeitet. Alles, was ich bekommen habe, war sein Name: Marius Brown.«

»Marius Brown.« Petroskys eigene Stimme klang erschöpft, hohl. Er wollte das Arschloch leibhaftig sehen, aber er konnte nicht einfach ins Heim stürmen und ihn überfallen – es gab Verfahren zu befolgen, Protokolle.

Petrosky warf einen Blick auf die Uhrzeit im Armaturenbrett – es war nach acht. Mueller würde jetzt nicht im Revier sein. Aber gleich morgen früh würde er Mueller von Marius Brown erzählen, und von Gene, Heathers Freund aus dem Heim, dem Mann, von dem Donald sagte, er hätte etwas für sie übrig gehabt. Gene hatte mit ihren Zeitplänen angerufen, aber was tat er wirklich? Stalkte er sie?

Vielleicht würde er morgen Fortschritte machen. Vielleicht würde er morgen das Gefühl haben, etwas für Heather zu tun.

Vielleicht würde er dann ohne Heathers Blut an seinen Händen aufwachen.

# KAPITEL ZWÖLF

Der Schneefall ließ nach, als er nach Hause fuhr, aber in Petroskys Kopf tobte ein Sturm. Hatte Otis Messinger Heathers Geld jetzt genommen, weil er erfahren hatte, dass sie tot war, oder weil er einer der beiden war, die sie getötet hatten? War Marius Brown der Mann mit Heathers Blut an den Händen, ihr Leben in seine Hose gesickert? Ob Messinger nun der Mann im Truck war oder nicht, der Mann, den Petrosky gesehen hatte, war der Mörder – viel zu viel Blut an seiner Kleidung, um nur Spritzer gewesen zu sein, nachdem jemand anderes Heathers Schädel mit einer Brechstange zertrümmert hatte.

Der Schnee auf der Einfahrt verwandelte sich bereits in einen matschigen Brei. Er parkte, blieb aber mit der Hand an der Fahrertür sitzen, die Haare in seinem Nacken stellten sich auf. *Irgendwas stimmt nicht.*

Er scannte die vereiste Straße, suchte nach dem Glitzern von Augen aus den Büschen oder einer menschlichen Gestalt, die sich hinter einem Baum versteckte, sah aber niemanden. Keine Fußspuren auf seinem Rasen. Das Garagentor war geschlossen, die Fenster dunkel, die Jalousien heruntergelassen, wie er sie verlassen hatte.

Petrosky kniff die Augen zusammen und starrte durch die Windschutzscheibe, angestrengt gegen den Glanz des Eises auf seiner Veranda blickend. Während die Büsche in seiner Nähe in Weiß gehüllt waren, waren die Büsche am anderen Ende des Grundstücks an der Einfahrt des Nachbarn schneefrei, als ob sie von jemandem abgestreift worden wären, der darüber geklettert war. Und es *gab* Spuren auf der Einfahrt des Nachbarn. Aber keines dieser Dinge war es, was jetzt seine Aufmerksamkeit auf sich zog. Eine Schattenlinie verdunkelte den unteren Teil seines Türrahmens – die Tür stand einen Spalt offen.

Petrosky sprang aus dem Auto, Waffe gezogen, seine Füße rutschten auf der eisigen obersten Stufe weg, aber er streckte die Hand aus und fing sich am Geländer. Mit keuchendem Atem erstarrte er auf der Veranda und lauschte an der Tür, hörte aber nur das stetige *tick, tick* des Eises, das vom Dach tropfte, und sein donnerndes Herz. Er stieß die Tür auf.

Die grellen Scheinwerfer leuchteten in das ansonsten dunkle Wohnzimmer und ließen den grünen Teppich noch kränklicher erscheinen, wo er unter den umgedrehten Kissen und den Papieren, die den Boden bedeckten, zu sehen war. Die Vase, die seine Mutter ihm geschenkt hatte – das einzige noble Ding, das er hier hatte – war zerschmettert, die Glassplitter glitzerten wie Eis auf dem Teppich.

Petrosky verharrte, die Waffe bereit, dann schlich er tiefer in die Dunkelheit, vorbei an der Küche, den Flur hinunter – stieß im Vorbeigehen die Badezimmertür auf – dann überprüfte er sein Schlafzimmer, spähte in das kahle zweite Schlafzimmer. Leer. Er senkte die Waffe. Wer auch immer hier gewesen war, war jetzt weg.

Er schaltete die Lichter ein und blinzelte in der plötzlichen Helligkeit, so grell nach der Dunkelheit, dass es in seinen Ohren klingelte, als würden seine Netzhäute ihn anschreien, die Lampen auszuschalten. Aber... nein. Da *war* ein Kreischen – es kam von draußen. Er rannte zurück zur Veranda, Glas knirschte unter seinen Schuhen, gerade rechtzeitig, um Rücklichter die Straße hinauf verschwinden zu sehen. Ein Truck. Nein...

*Der* Truck.

Er rannte aus dem Haus, rutschte aber wieder auf der eisigen obersten Stufe aus, und diesmal verfehlte er das Geländer, und dann drehte sich die Welt, bis er am Fuß der Treppe landete und in den Himmel starrte. Schmerz sang durch seine Hüfte, seinen Knöchel, seinen Ellbogen. Fluchend rappelte er sich auf und humpelte zum Auto, sprang hinein, als der Pickup um die ferne Ecke bog, aus seiner Nachbarschaft heraus. Richtung Autobahn. Er warf den Schalthebel in den Rückwärtsgang, und das Auto rollte rückwärts auf die Straße, aber als er wieder in den Vorwärtsgang schaltete, durchschnitt ein hartes Mahlgeräusch die Luft; das Auto fühlte sich auch schief an, zu schwer und tiefer auf seiner Seite. Er trat hart aufs Gas, sein Nacken wurde durchgeschüttelt, als das Auto nach vorne schoss, und das Rad traf den Bordstein, das Mahlen jetzt lauter, viel lauter als der heulende Motor. *Nein, nein, nein!*

Die Reifen auf seiner Seite waren platt. Aufgeschlitzt.

Er schlug mit den Handflächen gegen das Lenkrad und fummelte am Türgriff, dann riss er die Tür weit auf und sprang aus dem Auto, der schmelzende Schnee rutschte unter seinen Füßen weg, die Haustür knallte auf – *Ich muss Patrick anrufen!* – seine Schuhe mahlten zerbrochenes Glas in den Wohnzimmerteppich, als er... *verdammt*. Der Mann oder die Männer, die Heather getötet hatten, waren *in seinem Haus* gewesen. Waren sie auch in Donalds Haus eingebrochen? Wonach suchten sie?

Seine Schuhe rutschten auf dem Küchen-Linoleum, die Oberfläche glitschig von geschmolzenem Eis. Er hielt inne, die Hand am Telefonhörer.

Man brachte keine Frau um und raubte dann ihre Wohnung aus, es sei denn, sie hatte etwas, das man wollte – oder etwas, das einen belasten konnte. Aber warum einen Monat nach ihrem Tod warten? Es sei denn, die Leute, die Heather getötet hatten, hatten von Lindas Nachforschungen erfahren und dachten, Petrosky wäre ihnen auf der Spur, und wenn das der Fall war... wie konnten sie von der Untersuchung wissen?

Petroskys Gehirn fühlte sich benebelt an. Seine Hände waren taub. Nichts ergab einen Sinn. Er ließ das Telefon los und hörte das schwere *Klonk* des Hörers, der in die Gabel fiel. Wenn hier etwas war, konnte er es selbst finden. Er wollte sicher nicht, dass Mueller in seinem Zeug herumwühlte... und alles Relevante versteckte.

Petrosky ging zurück, um die Haustür zu schließen, und holte einen Müllsack unter der Küchenspüle hervor. Zwei Stunden lang kratzte er Glas vom plattgedrückten grünen Teppich, las zerrissene Papiere und warf sie in den Müllsack, richtete umgestürzte Beistelltische und Esszimmerstühle auf, trocknete geschmolzenen Schnee von den Fliesen. Als er ins Schlafzimmer kam, hielt er inne und starrte auf die zerknitterten Laken, die er seit Heathers Tod nicht gewechselt hatte. Wenn sie noch hier wäre, würden sie dann darüber streiten, welche Sendung sie schauen sollten? Wäre sie seiner Scheiße schon überdrüssig? Sie hätte ihn sicher dazu gebracht, die Laken zu waschen.

Er straffte die Schultern, stellte den Müllsack auf den Boden und kniete sich mitten in das Chaos.

Das Schlafzimmer brauchte nur eine halbe Stunde, aber die Arbeit saugte das Mark aus seinen Knochen. Jeder Gegenstand, den er nicht hatte sehen wollen – die teure Lotion, die er nur so für sie gekauft hatte, das Glas zerschmettert, die Pampe glitschig und weiß auf dem Boden, und ihre Pullover, jede ihrer Jeans – alles zur Schau gestellt, um ihn daran zu erinnern, was gewesen war. Und was hätte kommen können. Ihre Notizen für die Hochzeit lagen noch in ihrer ursprünglichen Position auf dem Nachttisch, obwohl das schlichte linierte Notizbuch jetzt auf einer Seite mit der Überschrift »Gelübde« aufgeschlagen war. Warum hatte der Eindringling es geöffnet? Wer auch immer das getan hatte, hatte sich nicht für ihre Träume interessiert, für das Gute in ihr. Sie wollten sie nur zerstören.

Das Buch zitterte in seinen Händen, als wären die Seiten lebendig.

Du hast mich auf Arten gerettet, die ich nie erwartet hätte.

Ich kann es kaum erwarten, ein Leben lang zu zeigen, wie sehr ich das zu schätzen weiß.

Sein Herz stand in Flammen. Tränen brannten in seinen Augen. »In was warst du verwickelt, Schatz?«, fragte er das Notizbuch. »Was haben sie dir angetan?« Das Ding war heiß in seinen Händen. Er warf das Buch quer durch den Raum, die Seiten raschelten durch die Stille. In dem Raum hinter dem Bett fand er die Flasche – die war auch noch da. Eine Stunde später, mit dem Jack schwer in seinem Blut und der kalten Flasche unter seinem Kopfkissen, schlief er ein.

## KAPITEL DREIZEHN

»Du kannst nicht einfach da reingehen und mit Mueller reden«, sagte Patrick, seine trüben Augen blitzten auf. »Er hat sich schon beschwert, dass du ihm auf die Füße trittst, und der Chef hat dir gesagt, du sollst die Finger davon lassen.«

Petrosky starrte durch die Windschutzscheibe auf das Revier. *Ich hätte einfach reingehen sollen, anstatt anzuhalten.* »Ich hab ihn doch nur gefragt-«

»Genau das ist es.« Patrick trommelte mit den Fingern aufs Lenkrad. »Diese Arschlöcher mögen es nicht, wenn jemand ihre Arbeit hinterfragt, besonders nicht so ein Frischling.«

»Sie war meine Verlobte.«

»Umso mehr Grund für dich, die Finger davon zu lassen.«

»Die Finger davon lassen? Wie soll ich einfach die Finger davon lassen? Könntest du die Finger davon lassen, wenn es deine Frau oder dein Kind wäre-«

»Ich versteh's ja, aber du musst wenigstens so tun, als

würdest du dich raushalten. Bisher bist du hingegangen und hast dich beschwert, ohne neue Beweise, ohne Belege, nur Vermutungen, und das hat verdammt nochmal nicht geholfen. Hat dich nur verrückt aussehen lassen.«

*Und hat ihre Überzeugung bestärkt, dass ich nicht an dem Fall arbeiten sollte.* Patrick hatte Recht – er brauchte zuerst Beweise. Petrosky fuhr sich mit der Hand übers Gesicht, der Stoppelbart an seinen Wangen kratzte an seinen schwieligen Fingern. Er brauchte diesen Scheiß nicht, besonders nicht nach drei Stunden heute Morgen zwischen Warten auf den Abschleppdienst und Zuschauen, wie die Werkstatt den zerfetzten Gummi reparierte, der mal seine Reifen waren – wenn er mehr als ein Ersatzrad gehabt hätte, hätte er es selbst schneller hingekriegt. Petroskys Kiefer spannte sich an. Er bereute es schon, Patrick von Marius Brown erzählt zu haben, obwohl er sich geweigert hatte, seine Quelle zu nennen, und er hatte den Einbruch immer noch nicht erwähnt. Nenn es Bauchgefühl oder Paranoia, aber hier stimmte etwas ganz und gar nicht, und er hatte keine Ahnung, wem er trauen konnte.

Patrick warf ihm einen harten Blick zu, einen, den Petrosky noch nie gesehen hatte, dunkel und grüblerisch. Fast … gerissen. »Also, was brauchen wir, um eine Verbindung zwischen diesem Marius Brown und der Schießerei zu beweisen? Im Moment hast du nur 'ne Ahnung, aber wenn du ein Bild von Brown sehen würdest …«

Petrosky runzelte die Stirn. Sie hatten kein Foto, noch nicht, aber sie hatten eine Phantomzeichnung des Mannes, den Petrosky am Tatort von Heather gesehen hatte. Sie könnten damit zur Unterkunft gehen; vielleicht könnte ihn jemand identifizieren. Doch selbst wenn sie bestätigten, *wer* er war, hatten die Mitarbeiter der Unterkunft Linda gesagt, sie wüssten nicht, *wo* Marius Brown sei. Und wenn sie mit der Phantomzeichnung zur Unterkunft gingen, müssten sie Mueller und dem Chef gestehen, dass sie sich in die Ermittlungen eingemischt hatten. Schon wieder. Gab es einen anderen Weg, ihn zu identifizieren?

»Glaubst du, Brown hat 'ne Akte?«, fragte Petrosky.

»Drogenabhängig, schläft in der Unterkunft, gerade mitten im Rückfall ... wahrscheinlich. Aber die Drogenfahndung wird uns nichts sagen – Anweisung vom Chef. Der Chef ist heute Morgen schon zu mir gekommen, hat mir gesagt, ich soll deinen Arsch von dem Fall fernhalten. Wette, er hat's auch dem brummeligen Typen im Archiv gesagt.«

*Scheiß auf den Chef, scheiß auf ihn und sein beschissenes Ohr.* Petrosky seufzte und trommelte mit den Fingern auf die Mittelkonsole. »Also, wenn wir nicht nach diesen Akten fragen können, wie stellen wir dann sicher, dass dieser Brown unser Typ ist, bevor wir mit Mueller reden?«

»Wer sagt denn, dass wir fragen werden, du Hornochse?«

»Behalt deinen Hornochsen-Scheiß für dich, Paddy.«

Patrick grinste, irisch selbstgefällig, aber der Humor in seinen Augen war verschwunden. Irisch *trotzig*.

———

Officer Jason Rhodes hatte unten Dienst, saß auf einem Klappstuhl vor einem Schreibtisch aus Sperrholz und löste ein Kreuzworträtsel. Sehr konstruktiv, nicht als ob es Bösewichte zu fangen gäbe. Mörder auf freiem Fuß. Hinter Rhodes lockte der Flur, eine Tür auf jeder Seite – eine für die Asservatenkammer, die andere führte zu den Aktenschränken.

Petroskys Herz schlug ihm bis zum Hals. Rhodes hob den Kopf und schob sich eine kleine Drahtbrille die Hakennase hoch. Der Knirps sah aus wie eine verdammte Eule, aber mit einem Silberblick, der ihn dümmer aussehen ließ, als er wahrscheinlich war. Einbrechen ... das war es, was er und Patrick hier taten, oder? Seine Brust wurde heiß. *Scheiß drauf.* Was, wenn er diesen Job verlor? Sie hatten ihn von dem Moment an bearbeitet, als er hier ankam, und jetzt ließen sie Heather in einem Haufen Aktenordner verrotten, bevor sie sie für die Ewigkeit in dieses modrige Höllenloch schoben. Sie verdiente Besseres. Alle Familien verdienten Besseres.

Er hatte diesen Teil vorher nie bedacht, auf der Empfängerseite eines Cold Case zu sein ... die Politik, die »Gib auf und mach weiter«-Mentalität, die überarbeiteten Detectives, der Mangel an Mitteln, um mehr zu tun, es besser zu machen. Die Tatsache, dass es besser machen bedeutete, sich hier einzuschleichen, anstatt Befehlen zu folgen ... nun, das war ein beschissener Nebeneffekt der Bürokratie. Und er hasste Bullshit.

Der alte Paddy lehnte sich bereits über den Schreibtisch, seine dicken Finger auf der Tischplatte ausgebreitet. Rhodes lächelte – er sah nicht in Petroskys Richtung.

»Patrick! Du alter Hurensohn, was hast du so getrieben?«

Petrosky warf Patrick einen Blick zu, aber sein Partner blieb vor dem Schreibtisch stehen. »Nicht viel – ist zu lange her, du Knallkopf. Komm, trink 'nen Kaffee mit mir, und mein Partner kann solange für dich aufpassen.«

*Ist das die Art, wie Patrick mit den anderen Cops redet?* Es ließ ihn weniger »irisch trotzig« und mehr wie einen weichgespülten Arschkriecher erscheinen. Es gab wahrscheinlich schlimmere Wege, voranzukommen, aber Petrosky fielen keine ein.

»Tut mir leid, Pat, ich kann meinen Posten nicht verlassen. Ich hab 'ne Million Fälle, die ich noch wegräumen muss, und wenn ich gehe-«

»Ja, ich seh schon, wie hart du arbeitest.« Patrick deutete auf das Kreuzworträtsel, und Rhodes' Wangen wurden rosa. »Sei kein Idiot. Nicht als ob die Akten weglaufen würden – sie sind bei Ed hier sicher.« Er lächelte, aber Petrosky bekam eine Gänsehaut. Der Mann war ein verdammt guter Lügner. Genau wie Heather es gewesen war.

Aber wenn Petrosky dachte, sie wäre nur eine Lügnerin gewesen, warum riskierte er dann seinen Job für sie?

*Weil jemand sie zu dem gemacht hat, was sie geworden ist. Und weil ich sie liebe.*

Rhodes warf Petrosky einen Seitenblick zu. »Es ist ... Ich kann ihn nicht reinlassen.«

»Jesus, Maria und Josef, er kann schon rausfinden, wie man Leute das Papier unterschreiben lässt.«

»Nein, darum geht's nicht, der Chef hat gesagt-«

»Der Chef muss das sagen, macht er jedes Mal, wenn jemand ein Familienmitglied verliert, oder? Nur eine Vorsichtsmaßnahme.«

Das Gesicht des Mannes wurde weicher, als er Petrosky ansah - Mitleid. Petrosky sträubte sich. *Wir hätten verdammt nochmal durch ein Fenster reinkommen sollen.*

»Er ist in Ordnung, Rhodes. Du hast mein Wort darauf, und nichts ist reiner als das Wort eines Iren«, sagte Patrick, und es klang wie »Oye-ren«.

Rhodes seufzte. »Na gut. Eine Tasse Kaffee.« Er warf

einen Blick auf den Aktenraum und dann zurück zu Patrick. »Ich mochte den Chef sowieso nie besonders.«

Arschkriecher oder nicht, die Taktik vom alten Paddy war effektiv.

Rhodes stand auf, und Petrosky nahm seinen Platz ein. Er hatte zwanzig Minuten, wahrscheinlich weniger. Aber Rhodes blieb einen Moment stehen und beäugte den Tisch, dann wieder die Tür zum Aktenraum.

*Zwanzig Minuten ab dem Moment, wo er geht. Reiß dich zusammen, Petrosky, sei kein verdammter Vollidiot.* Oder was auch immer Patrick sagen würde.

Sein Partner warf ihm einen letzten Blick zu, als er mit Rhodes die Treppe hochging. Petrosky lauschte auf das *Klonk* der sich schließenden Tür, das *Klicken* des Riegels, und rannte zum Aktenraum.

---

Der Raum roch nach abgestandenem Zigarettenrauch - Menthol, schreckliches Zeug, aber ihm lief das Wasser im Mund zusammen. An der Rückwand tickte eine billige Plastikuhr über der mittleren Reihe brusthoher Aktenschränke die Minuten weg. Die Seitenwände waren ebenfalls mit Metallschubladen gesäumt.

Marius Brown. Der vielleicht der Mann war, den er auf der Straße gesehen hatte. Der Mann, der mit Heathers Blut bedeckt war.

Der Mann, der sie getötet hatte - und davongekommen war.

Aber warum hatte er sie getötet? Die Drogensache ergab am meisten Sinn, genauso wie es Sinn ergab, dass Messinger sein Geld zurückgenommen hatte, als sie tot war. Aber es *fühlte* sich nicht richtig an. Es waren zwei Leute in diesem Truck gewesen. Zwei. Brown mochte sie getötet haben, aber er hatte einen Partner gehabt. Und sie hatten Heather an diesem Tag gepiepst, sie in die Dunkelheit hinter der Schule gelockt. Das fühlte sich nicht nur nach Drogen an. Ihr Mord wirkte geplant, vorsätzlich, was bedeutete, es gab ein Motiv. Einen Grund.

Petrosky ging zur Seitenwand, wo die Aktenschränke in alphabetischer Reihenfolge aufgestellt waren. Staubmilben reizten seine Nase, und er unterdrückte ein Niesen. Marius Brown...Brown... Auf dem ersten Schrank stand mit Edding auf einem dünnen Streifen Klebeband »Aa-Ak«. Er ging die Reihe entlang, bis er »Bo-Bz« fand. Er packte die Schublade und zog. Sie bewegte sich keinen Millimeter. Der Aktenschrank war abgeschlossen.

*Scheiße.*

Er rannte zurück zum Empfangstresen... leer. *Hat dieser Arsch die Schlüssel nicht dagelassen?* Aber natürlich nicht - Rhodes war nicht bereit, seinen Job zu riskieren, indem er Petrosky eine Möglichkeit ließ, sich einzuschleichen.

Petrosky riss die Schreibtischschubladen auf - Stifte, Papier, ein weiteres Kreuzworträtselheft. In der rechten Schublade lag unter einer Packung Scotch-Klebeband ein Schweizer Taschenmesser, das Metall kühl in seiner Hand. Die Uhr an der Wand zeigte 9:22: Er hatte bereits drei Minuten verschwendet.

Mit dem Messer in der Hand kehrte er in den Aktenraum zurück und schob die Klinge oben in die Schublade, direkt hinter den Schließmechanismus. Das Schloss gab nicht nach. Er bewegte es vorsichtig nach links, dann nach rechts, wackelte mit der Klinge gegen das Metall und erinnerte sich an den alten Buick seines Vaters, der nie ein funktionierendes Schloss gehabt hatte; sein Vater musste es jedes Mal knacken, wenn er irgendwo Zwielichtiges parkte.

Noch acht Minuten. *Verdammt.*

Sein Vater hätte nie so lange gebraucht. Petrosky hätte mehr üben sollen. *Ja, klar, weil ich in Zukunft definitiv ein Schweizer Taschenmesser benutzen werde, um in Polizeiakten einzubrechen.*

Dann: *Knack.* Das Schloss sprang auf, und er zog die Schublade heraus, klappte die Klinge zu und steckte das Messer in seine Tasche. Er blätterte durch die Akten, drei, sechs, neun, zwanzig, fünfundzwanzig, Boole, Boscowitz, Briar...

Noch fünf Minuten.

Er blätterte eine weitere Akte um. *Da.* Marius Brown. Patrick hatte Recht gehabt, dass er vorbestraft war, es sei denn, es war ein anderer Marius Brown. Er riss den Ordner heraus und zog versehentlich auch den davor mit, dessen Seiten wie eine Million wütender Motten durch den Aktenraum flatterten.

Vom Flur her ertönte ein Geräusch, und er erstarrte - die Tür zum Keller. Sie waren zurück. Er griff nach der Akte, die er fallen gelassen hatte, versuchte sie zu ordnen, und begnügte sich dann damit, Blatt für Blatt in die Aktenmappe zu stopfen, wobei er die Seiten zerknitterte, als er sie in den hinteren Teil des Schranks quetschte.

Er richtete sich auf und riss Browns Akte auf. Noch keine Mordanklagen, nur Anklagen wegen Besitz - Opioide und OxyContin. Das Fahndungsfoto zeigte den Mann, mit stumpfem und totem Blick und... *Er ist es.* Petrosky hätte Heathers Mörder überall erkannt, auch ohne den Truck hinter ihm, ohne die Khakihose, ohne Heathers Blut, das seine Arme bedeckte. Ihr totes Gesicht blubberte an die Oberfläche seines Gehirns, und Verzweiflung stieg in seiner

Brust auf; er drängte sie zurück. Schritte ertönten auf der Treppe, jetzt näher. Er warf noch einen Blick auf die Akte in seiner Hand, bevor er sie unter seine Jacke stopfte. Letzte bekannte Adresse, ein Ort, an dem Heather ein paar Tage in der Woche damit verbracht hatte, Kleidung zu liefern und Mahlzeiten zuzubereiten. Das Obdachlosenheim. Voller Menschen, die einfach nur versuchten zu überleben.

# KAPITEL VIERZEHN

»Und du hast zufällig ein Bild von diesem Typen gesehen?« Muellers Ellbogen waren auf dem Schreibtisch aufgestützt, eine Hand umklammerte immer noch seine morgendliche Tasse Kaffee.

»Ja. Ich habe ein Foto in der Unterkunft gesehen, als ich ein paar von Heathers Klamotten abgegeben habe«, sagte Petrosky. »Eine dieser Wände voller lächelnder Leute, die versuchen, den Ort anzupreisen – als ob irgendjemand dort einen anderen Grund als die Betten bräuchte.«

Muellers Augen verengten sich; er wusste, dass Petrosky log. Aber zu seiner Ehre nickte er nur. »Ich dachte, du erzählst Scheiße, als du heute Morgen hier reingekommen bist, aber...«

Petrosky wartete darauf, dass er mehr sagte, aber Mueller lehnte sich zurück und nippte an seinem Kaffee. Stellte den Becher wieder auf den Schreibtisch.

*Komm schon, du Mistkerl, ich hab gerade eine Stunde gewartet, während du am Telefon rumgemacht hast.* »Aber was?«

»Die Bank sagt, dass Marius Brown am Tag nach

Heather Ainsleys Tod zu Geld gekommen ist – und zwar zu einer Menge Geld. Fast fünfzigtausend.«

Fünfzigtausend – fünf Jahre Hypotheken- und Pflegedienstzahlungen? Marius Brown hatte Heather nicht nur getötet, jemand hatte ihn dafür bezahlt ... mit Heathers Geld. Petrosky schluckte die Galle zusammen mit der unerbittlichen Wut zurück, die in seinem Magen brodelte. Vielleicht sollte er Mueller von dem Geld erzählen, das von Heathers Konto abgehoben wurde, von Messinger – aber nein. Der Mann hatte genug, um mit den Ermittlungen zu beginnen. Petrosky würde dieses Häppchen für den Moment zurückhalten, in dem Mueller den Fall wieder zu den Akten legen wollte.

Mueller deutete auf die Treppe. »Warum gehst du nicht mit deinem Partner da draußen auf Streife?«

*Wenn er denkt, ich würde ihn einfach damit allein lassen –*

»Das ist doch euer Revier, oder? Die Straßen um die Unterkunft? Ich werde Verstärkung brauchen, falls etwas schiefgeht, und wenn du zufällig in der Nähe bist, kann der Chef nicht viel sagen, Interessenkonflikt hin oder her.«

Moment, Mueller ... gab ihm einen Einstieg in den Fall? »Das kann ich machen«, sagte Petrosky schnell. Vielleicht war Mueller doch nicht so ein Schweinehund, wie er gedacht hatte.

———

Der Tag war eisig, aber sonnig, der schneidende Wind auf dem Parkplatz brannte auf seinen Wangen wie Flammenstöße. Petrosky legte den Gang ein und fuhr langsam hinter Muellers Wagen auf die Straße. Trotz der frostigen Brise klebte ihm der Schweiß den Uniformkragen an den Nacken.

»Bist du sicher, dass er gesagt hat, wir sollen ihm folgen?«, fragte Patrick und kniff die Augen zusammen, um auf die Straße zu schauen.

*Nö.* Der Matsch auf den Straßen machte ein nasses Klatschgeräusch gegen die Seiten seines Autos – *platsch, platsch, platsch* – das Eis von gestern glitzerte im grellen Sonnenlicht auf den Bordsteinen. Petrosky blickte hinüber; Patrick runzelte die Stirn in Richtung Windschutzscheibe. Petrosky wandte sich ab. Er hatte Patrick immer noch kein Wort über den Überfall gesagt. Zweimal hatte er den Mund geöffnet, um es ihm zu erzählen, aber jedes Mal hatte ihn ein Engegefühl in der Brust zurückgehalten. Statt darüber nachzudenken, was das bedeutete, hielt er den Blick auf Muellers zehn Jahre alten Dodge gerichtet, als der Detective in die Einfahrt der Unterkunft einbog.

Petrosky schaltete das Funkgerät ein und hoffte, dass es stumm bleiben würde. Mueller hatte gesagt, sie sollten ihr Revier abfahren, und er würde Verstärkung rufen, falls Marius Brown da wäre, aber jeder Anruf, der in dieses Gebiet käme, könnte auch ihre Verantwortung sein. Eine Autotür schlug zu. Petroskys Herzschlag beschleunigte sich, als Muellers Blick kurz zu Petroskys Wagen und wieder weg huschte, und dann ging Mueller zügig über den gestreuten Parkplatz auf die eisverkrustete Unterkunft zu. Der Ort war nicht riesig: vielleicht zweihundert Quadratmeter offener Raum, Etagenbetten Wand an Wand gestapelt, Freiwillige, die Laken wechselten oder Essen zubereiteten. Es wäre schwer, sich dort zu verstecken. Die Unterkunft war nachts wie ein Tresor verschlossen – die meisten Orte hier unten waren das –, aber um diese Uhrzeit würden die Leute essen oder sich darauf vorbereiten, den

Ort zu verlassen. Hoffentlich hatten sie Marius nicht verpasst.

Kurz darauf kam Mueller stirnrunzelnd wieder heraus und glitt erneut hinter sein Steuer. »Wo fahren wir jetzt hin?«, murmelte Patrick.

Petrosky legte den Gang ein und folgte dem Detective durch die auftauende Stadt. Er konnte sich nicht erinnern, seine Zigaretten herausgeholt zu haben, aber plötzlich hatte er eine im Mund, spürte die harte, kratzende Kälte des Feuerzeugs an seinem Daumen, den Rauch in seiner Nase. Die matschige Straße zog zu beiden Seiten vorbei, die Sonne blendete so stark auf den eisigen Schneehaufen auf den Bordsteinen, dass Petrosky fast übersehen hätte, wie Mueller scharf rechts auf einen Parkplatz abbog. Ein Schwall kalter Luft kühlte seine Wange, die Patrick zugewandt war, aber obwohl das Fenster unten blieb, hatte Pat den Anstand, den Mund zu halten.

Das Schild über dem neongrünen Gebäude schrie: *BIG BOX APPLIANCE*. Das rote Backsteingebäude daneben hatte Bretter vor den meisten Fenstern, und die Fenster ohne Bretter waren klaffende Löcher. Kein Glas.

*Was zum Teufel machst du, Mueller?* Petrosky hielt neben Muellers Zivilfahrzeug an und starrte auf die Vorderseite des Gebäudes, die Lippen fest um die Zigarette geschlossen, saugend wie ein Staubsauger.

Mueller war nicht lange drin – er kam weniger als fünf Minuten später wieder auf den Parkplatz gestampft, aber statt zu seinem eigenen Wagen zu gehen, stapfte er zu ihrem rüber. »Marius Brown arbeitet hier, laut Jerry, dem Hausmeister der Unterkunft.«

Petrosky runzelte die Stirn. Die ganze Zeit hatte niemand eine Ahnung, wo Brown arbeitete, aber plötzlich wusste dieser Jerry genau, wo man ihn finden konnte?

»Er ist um acht zur Arbeit gekommen«, sagte Mueller, »aber wurde etwa dreißig Minuten später angepiepst und sagte, er müsse einen ›schnellen Botengang‹ erledigen. Klingt, als wäre das üblich für ihn – er dealt wahrscheinlich.«

Petrosky warf einen Blick auf die Uhr im Armaturenbrett: neun Uhr fünfzehn. Nur fünfundvierzig Minuten, seit Brown gegangen war. »Ich bin überrascht, dass er überhaupt zur Arbeit gekommen ist, mit der Kohle auf seinem Konto. Muss wohl einen Umweg auf dem Weg zurück zur Arbeit gemacht haben.« Es sei denn, Brown wusste, dass sie kommen würden, um ihn zu holen. Wenn der Kerl auf der Flucht war, würden sie eine Fahndung herausgeben und ihn finden, bevor er zu weit kam. Petrosky stieß seine Tür auf.

»Ich werde es durchgeben, die Einheiten in Alarmbereitschaft versetzen«, sagte Mueller, als könne er Petroskys Gedanken lesen. »Aber wenn ihn jemand anderes angepiepst hat, haben sie ihn vielleicht abgeholt – es klang, als sei er durch den Vordereingang raus und nicht durch den Hintereingang, wo der Mitarbeiterparkplatz ist.«

»Hat er überhaupt ein Auto?« Unwahrscheinlich, sonst würde er darin schlafen. Petrosky kniff die Augen zusammen und blickte auf das Gebäude, dann auf die Gasse, die zwischen dem Elektrogeschäft und dem roten Backstein-Monstrum daneben verlief. »Vielleicht sollten wir trotzdem den Mitarbeiterparkplatz überprüfen.« Sie sollten sich zumindest umsehen, bevor sie es meldeten; sie könnten auf dem Parkplatz warten, falls Brown auftauchte. Petrosky trug seine Uniform, aber keiner von ihnen war mit einem Streifenwagen gekommen, sodass Brown erst merken würde, dass sie hier waren, wenn er hineinging – und dann wäre es zu spät, ihnen auszuweichen.

Mueller betrachtete das Gebäude noch einmal und nickte dann.

Der schmelzende Schnee quatschte unter Petroskys Gummisohlen, der Wind war frisch und kühl in seinem Gesicht, als sie in den Schatten der Gebäude traten. Die schmale Gasse war gerade breit genug für ein Auto. Die limonengrüne Farbe des Elektrogeschäfts blätterte hier und da ab und offenbarte graue Betonblock-Narben zu ihrer Linken, während das verlassene dreistöckige Backsteingebäude zu ihrer Rechten aufragte; keine Fenster auf beiden Seiten, von hier aus kein Hinweis darauf, was die Gebäude enthielten. Drei Stockwerke höher schien die blasse Sonne durch das Rechteck, das die Dachlinien markierte.

Am Ende der Gasse befand sich eine rissige quadratische Betonfläche mit Platz für höchstens vier Autos. Ein Pontiac Firebird mit Rost um den hinteren Radkasten stand links am Eingang der Gasse geparkt. Auf dem hintersten Platz, neben dem Hintereingang des Ladens, stand ein orangefarbener Pinto, käferartig, dessen Heck hinter einem Kombi mit Holzverkleidung hervorlugte. Petrosky ging zum hinteren Teil des Parkplatzes, wo eine niedrige Backsteinmauer sie von einem ähnlichen Parkplatz dahinter trennte. »Wenn er umgekehrt ist und über diese Mauer gesprungen ist, anstatt die Straße hochzugehen, könnten wir Zeugen haben, die uns sagen, in welche Richtung ...«

Petrosky blieb stehen.

Hinter ihm flüsterte Mueller: »Scheiße.«

Ein Paar Flügelspitzenschuhe, die gleichen, die der Mörder in der Nacht getragen hatte, als er Heather umbrachte, lugten um die Hinterreifen des Pintos hervor, die Zehen nach oben gerichtet. Petrosky ging am Auto vorbei.

Marius Brown lag auf dem Asphalt, ein Loch in der

Mitte seiner Brust, sein Hemd mit Blut getränkt. Seine Augen starrten leer in den Himmel.

Hatte niemand den Schuss gehört? Andererseits waren die Wände aus Backstein, und nur die Hälfte dieser Gebäude war bewohnt. Jeder, der es gehört hätte, hätte gedacht, es wäre ein Fehlzünder eines Autos gewesen. Die Leute bevorzugten die sonnigere Erklärung.

»Ist das der Mann, der Heather Ainsley getötet hat?«, fragte Mueller hinter ihm, und seine Stimme klang schrecklich weit weg, als würde er durch einen Tunnel sprechen.

»Das ist er«, sagte Petrosky, und auch seine Stimme schien von weit her an seine Ohren zu dringen.

Sie schwiegen alle einen Moment, dann sprach Mueller: »Das ist nicht richtig.«

*Wurde auch verdammt nochmal Zeit.*

———

Patrick fuhr sie zurück zur Wache, Petroskys Gedanken waren so laut, dass er kaum das Heulen des Motors hören konnte, geschweige denn sich auf die Straße konzentrieren konnte.

Petrosky war froh, dass Brown tot war – geschah ihm recht. Sein einziger Vorbehalt war, dass sie den Mann nicht befragen konnten, um herauszufinden, warum er Heather getötet hatte und wer sein Komplize mit der Skimaske im Truck war – der Mann, der Patrick angeschossen hatte. Petrosky schloss die Augen gegen die blendende Sonne, die durch die Windschutzscheibe strömte.

Was nun? Heathers Tod musste mehr als nur ein schief gelaufener Drogendeal gewesen sein, sonst wäre Marius Brown noch am Leben. Vielleicht wurde Brown von seinem Partner im Auto ermordet; vielleicht hatte dieser Polizisten erschießende Unbekannte gedacht, Brown würde ihr Verbrechen aufdecken oder ihn im Austausch für eine mildere Strafe verraten. Vielleicht war dieselbe Person auch in Petroskys Haus eingebrochen, auf der Suche nach allem, was ihn in Heathers Tod verwickeln könnte. Musste dieser Otis Messinger sein, oder? Messinger war der Einzige, der sonst noch Zugang zu Heathers Geld hatte, und er hatte ihr Bargeld am Tag nach ihrem Tod auf Browns Konto eingezahlt. Wenn sie jetzt Marius Browns Kontoauszüge ansehen würden, würden sie feststellen, dass sein plötzlicher Geldzufluss ebenfalls verschwunden war?

Petroskys Blut kochte, Wut verdrängte diesen schmerzhaften, einsamen Schmerz. Rache war eine schlechte Sache; das hatte er früh in seiner militärischen Laufbahn gelernt. Sie machte einen leichtsinnig. Aber Gerechtigkeit ... dafür lohnte es sich zu kämpfen, auch wenn die beiden Seiten derselben Medaille waren. Petrosky musste herausfinden, womit genau er es zu tun hatte – und mit wem. Er öffnete die Augen.

Das Obdachlosenheim. Er musste zurück. Vielleicht würde er Linda mitnehmen. Sie schien diesen Fall besser zu verstehen als sie alle: Verbindungen zum Heim, Verbindungen zu den beteiligten Personen, und er wusste, dass sie nicht in die Morde verwickelt war; sie hätte den Fall nicht für sie wiedereröffnet, wenn sie etwas damit zu tun gehabt hätte.

»Willst du was essen gehen?«

Patricks Stimme holte Petrosky aus seinen Gedanken zurück ins Auto, das *Schliiisch* der Reifen auf der Straße verstummte, als der Wagen vor dem Revier anhielt. »Jetzt nicht. Hab noch ein paar Besorgungen zu machen.«

»Bist du sicher? Sieht so aus, als würde Mueller Heathers Freund aus dem Heim, Gene Carr, zum Verhör holen – er kannte Marius Brown auch. Wir können uns was zum Mitnehmen holen und zuschauen.«

Petrosky legte den Kopf schief. »Woher weißt du das überhaupt?«

»Ich hab ein paar Fäden gezogen.« Patrick nickte, aber seine Mundwinkel waren nach unten gezogen, die Augen zusammengekniffen.

Patrick konnte Fäden ziehen, um beim Verhör zuzusehen, aber sie mussten einbrechen, um an Akten zu kommen? Wessen Arsch hatte der alte Paddy mit seinen großen irischen Lippen geküsst? *Vielleicht war er einfach nur nett, anstatt dem Chef zu sagen, er soll sich verpissen. Politik.*

»Ich bin in fünfundvierzig Minuten zurück«, sagte Petrosky. »Mueller sah nicht so aus, als hätte er es eilig, den Tatort zu verlassen, und die Angestellten des Heims wechseln vor dem Mittagessen zwischen den Gebäuden – Heather benutzte mein Auto, um Spenden von nahegelegenen Kirchen abzuholen. Gene Carr könnte schwieriger zu finden sein, als Mueller denkt.«

Aber das war nicht der Grund, warum er ging. Messinger war ihre beste Spur, und Petrosky wollte nicht herumsitzen, bis Mueller vom Tatort zurückkam.

Er war fertig mit dem Warten.

# KAPITEL FÜNFZEHN

Die Empfangsdame im Sozialamt musterte ihn mit dem erschöpft-gelangweilten Blick einer Mautstellenbetreiberin in der Doppelschicht.

»Ist Linda Davies verfügbar?« Petrosky hob eine Plastiktüte mit Essen zum Mitnehmen.

Sie runzelte die Stirn und nahm dann den Hörer vom Schreibtisch. »Linda? Jemand möchte dich sehen.«

Warum war er nochmal hier? Er hatte keinen konkreten Grund zu glauben, dass Linda mehr wusste, als sie ihm bereits erzählt hatte, aber irgendwie hatte es sich *angefühlt*, als wäre es die vernünftigste Option, herzukommen. Sie würde sich den Fall mit ihm ansehen, ihm helfen, ihn zu verstehen. Außerdem verstand sie diesen Schmerz. Und sie hatte gelernt, darüber hinwegzukommen.

Linda kam aus dem hinteren Flur. Ihr Kiefer klappte herunter, als sie Petrosky sah.

»Ich hoffe, du magst Chinesisch – Hähnchen oder Garnelen, deine Wahl.«

Linda blickte zur Empfangsdame, die jetzt mit unverhohlener Neugier starrte, und bedeutete ihm dann, ihr zu folgen.

»Ich hoffe, es ist okay, dass ich unangemeldet vorbeigekommen bin. Ich dachte, die Mittagszeit wäre die beste Zeit, um dich ohne Klienten zu erwischen.«

Sie nickte. »Du hast Glück gehabt. An den meisten Tagen esse ich in meinem Auto zwischen Hausbesuchen.«

»Aber heute nicht?« *Warum nicht heute?* Sie zuckte mit den Schultern. Anscheinend bestand dieser Dienstag aus vielen seltsamen Ereignissen – wie zum Beispiel den Mörder deiner Verlobten mit einem frischen Loch in der Brust zu entdecken.

Er folgte Linda einen kurzen beigefarbenen Flur entlang in ein winziges Büro derselben Farbe, wobei die Eintönigkeit der Wände durch gerahmte Hochschulabschlüsse links von ihrem Schreibtisch und ein großes Gemälde von Sonnenblumen an der Rückwand neben dem Fenster durchbrochen wurde. Die blendende Sonne war verschwunden, während er im chinesischen Restaurant gewesen war; es schneite wieder.

Linda griff nach einem Stapel Akten, um Platz für die Behälter auf ihrem zerkratzten Kiefernschreibtisch zu machen. Sie stellte eine gedrungene Vase mit künstlichen rosa Rosen auf den Boden neben ihre Füße. »Hast du mit Brown gesprochen?«

»Er ist tot.« Petrosky stellte den letzten Wachsbehälter auf die Schreibtischplatte und blickte gerade rechtzeitig auf, um zu sehen, wie sich Lindas Augen weiteten.

»Was? Wie kann das... oh mein Gott.«

»Wer war dein Kontakt im Frauenhaus? Heute schienen alle eine Menge darüber zu wissen, wo Brown gearbeitet hat.« Er schob Plastikbesteck in ihre Richtung, ein Friedensangebot – seine Worte waren härter herausgekommen, als er beabsichtigt hatte.

Sie wickelte eine Gabel aus und griff dann nach dem Behälter, der ihr am nächsten stand. »Das ist seltsam. Hast du mit Sheila gesprochen?«

Er senkte den Blick und öffnete die andere Box. Dampf, durchsetzt mit Salz und Glutamat, schlug ihm ins Gesicht. »Der Detektiv hat mit jemandem namens Jerry gesprochen, nicht mit Sheila.«

»Ah, der Typ arbeitet normalerweise in der Nachtschicht.« Sie stach ein Stück oranges Hühnchen auf.

Aber Jerry und Sheila waren nicht die Gründe, warum er gekommen war. Er zog die Szechuan-Garnelen zu sich heran, die würzige Luft stach in seine Nasenlöcher. »Hör zu, Linda, vielleicht gehen wir das alles falsch an. Wir suchen nach Hinweisen am Tatort, bei Heathers Mord, aber... was ist mit diesem Mann, der ihr ein Jahrzehnt lang Geld gegeben hat? Er ist der Schlüssel hier – er ist sogar in mein Haus eingebrochen, um sicherzugehen, dass sie dort keine Beweise hinterlassen hat... oder... naja, verdammt, ich weiß es nicht.«

Linda erstarrte mit der Gabel über dem Reis. »Jemand ist in dein-«

»Hör mir einfach zu. Marius Brown tötet Heather mit einem anderen Mann im Truck. Heathers Konto wird am Tag nach ihrem Tod leergeräumt... und dieses Geld geht sofort auf Browns Konto.«

Sie ließ ihre Gabel fallen und griff sie hastig wieder auf. »Marius... sie haben ihn bezahlt, um... wow.«

»Dann tötet heute jemand Marius.«

»Ich-«

»Messinger ist der Schlüssel zu all dem, Linda, derjenige, den wir finden müssen.«

Sie atmete hart aus – frustriert. »Ich habe es versucht. Ich habe mich in der Bank umgehört, nach Messinger gesucht. Die Polizei könnte es besser machen, aber ich habe die gleichen Fragen gestellt, die sie gestellt hätten.«

Er schaufelte eine Gabel voll Garnelen und Reis in seinen Rachen und kaute, dann schluckte er. »Ich muss wissen, was für ein Mann Teenager dafür bezahlt, du weißt schon... sie zu missbrauchen. Oder vielleicht hat sie Drogen geschmuggelt? Ich weiß nicht, was sie getan hat, nur dass es illegal gewesen sein muss, bei der Art von Kohle, die sie eingestrichen hat.« *Vielleicht war sie eine Auftragsmörderin wie Brown.* Er hätte fast gelacht.

»Nun, Kinder dafür zu bezahlen, Drogen zu schmuggeln, ist kaum neu – man sieht es oft in den Innenstädten, bei Gangs. Was die Art von Mann angeht, der möglicherweise minderjährige Mädchen für Sex bezahlt, die ganze Modeindustrie ist auf Jugend aufgebaut. Rasiere deine Schamhaare, sieh aus wie eine Zwölfjährige, sei sexy; das ist Mainstream.« Sie spießte einen weiteren Bissen Hühnchen auf, runzelte aber die Stirn darüber, anstatt es in den Mund zu stecken.

Er lehnte sich vom Schreibtisch zurück und legte seine Gabelhand auf sein Knie. »Dieser Typ ist anders – mehr als nur ein perverser Mittfünfziger.« Und Messinger musste älter sein, wenn er vor zehn Jahren Geld gehabt hatte, als Heather anfing, für das Haus ihres Vaters zu bezahlen.

Linda legte die Gabel hin. »Du suchst nach einem Profil.«

»Ich schätze schon.«

»Dafür habt ihr doch Psychologen in der Abteilung.«

»Ich würde es gerne von dir hören.« Weil... er ihr vertraute – sie hatte *helfen* wollen.

Sie lehnte sich in ihrem Stuhl zurück, und die Holzbeine quietschten. Linda runzelte die Stirn. »Wir haben einfach nicht viel, womit wir arbeiten können. Ob er sie für Sex benutzt hat oder sie dafür bezahlt hat, Drogen zu verkaufen, oder sie sogar als Prostituierte vermittelt hat... es gibt riesige Unterschiede in den Profilen.« *Sie als Prostituierte vermittelt.* Petrosky schluckte hart, um nicht zu würgen.

Linda sprach immer noch. »Was wir wissen, ist, dass er vorsichtig ist – er hat sich Zeit gelassen. Er könnte monatelang auf ihr Konto eingezahlt haben, bevor er sie um etwas Fragwürdiges bat, sie konditionierte, einer Gehirnwäsche unterzog... ihr Vertrauen gewann. Was sie tat. Sie hat niemandem erzählt, dass er überhaupt existierte.«

Die Worte bohrten sich in seine Rippen. »Aber sie zu töten... warum jetzt, wenn sie seit einem Jahrzehnt verbunden waren? Und warum sie in der Öffentlichkeit ermorden?« Aber Heather war nicht dumm; wenn sie vermutet hätte, dass sie in Gefahr war, wie Linda zu glauben schien, hätte sie sich nicht mit diesem Typen irgendwo privat getroffen. Obwohl, wenn sie ihn auf dieser Straße getroffen hätte... er hätte sie weiter hinter die Schule tragen können.

»Genau das ist es – wir haben keine Möglichkeit, mit Sicherheit zu wissen, warum sie gestorben ist, Ed, nicht wirklich. Marius Brown wurde vielleicht dafür bezahlt, es zu tun, aber-«

»Brown war ein Auftragskiller. Ein *Auftragskiller*. Messinger hat sie da rausgelockt und Brown sie umbringen lassen - er hat Brown das Geld am nächsten Tag nicht einfach so gegeben. Was hat sie getan, um das zu verdienen?« Seine Stimme wurde lauter, und er umklammerte die Gabel so fest, dass sich der Plastikgriff in sein Fleisch grub.

Linda beugte sich wieder vor. »Wir wissen es einfach

nicht.« Ihre Stimme war fast ein Flüstern. Aber in ihren Augen lag ein nervöses Glitzern, und als sie den Blick senkte, war er sich sicher, dass sie etwas zurückhielt.

»Wir wissen es vielleicht nicht genau«, sagte er. »Aber rate mal. Bitte.«

Sie atmete tief ein und ließ die Luft langsam entweichen, den Blick auf den Schreibtisch gerichtet. »Wenn ich ein Jahrzehnt lang einer Frau Geld für etwas Illegales gegeben hätte, würde ich mir Sorgen machen, dass sie ihrem neuen Polizisten-Ehemann von mir erzählt.«

Nadeln bohrten sich in seinen Hinterkopf. Linda hatte Recht - für Heather hatte sich in dem Jahrzehnt vor ihrem Tod nichts geändert, nichts, was ihren »Arbeitgeber« hätte beunruhigen können. Nichts außer Petrosky. Vielleicht hatte dieser Messinger herausgefunden, dass sie ihn heiraten würde, und dachte, sie könnte ihre Geheimnisse ausplaudern. Vielleicht hatte sie sogar selbst versucht, da rauszukommen.

Aber Schluss machen ist eben schwer.

»Könnte sogar altmodische Eifersucht sein«, fuhr Linda fort und sah ihn wieder an. »Wenn Messinger sie all die Jahre für sich behalten, sie so lange konditioniert und bezahlt hat ... ich glaube nicht, dass er sie mit einem Ehemann teilen wollte.« Sie spießte einen Brokkolistrunk auf, als wünschte sie, es wären die Eier ihres Verdächtigen.

»Okay, also vielleicht ist er eifersüchtig, hat sich Sorgen gemacht, dass sie den Mund aufmacht. Wie auch immer ... wie schnapp ich ihn jetzt? Was würde ihn aus der Deckung locken?« Aber der Typ versteckte sich ja gar nicht - sie wussten nur nicht, nach wem sie suchten.

Sie schob sich einen Bissen in den Mund und klopfte dann ein paar Momente lang mit ihrer Plastikgabel auf den Schreibtisch. »Wenn du einen Verdächtigen hättest, könntest du ihn unter Druck setzen, ihn reizen, sehen, ob er einen Fehler macht. Es würde nicht viel brauchen - er ist schon aufgewühlt genug, um in dein Haus einzubrechen.«

*Wenn du einen Verdächtigen hättest.* Die Wanduhr *tickte, tickte, tickte* wie das Eis auf dem Parkplatz in der Nacht, als er Linda vor ihrem Büro aufgelauert hatte. Dreißig Sekunden vergingen. Vierzig. Er räusperte sich, um die Stille zu brechen. »Also ist meine einzige Option, ihn zu stressen, sobald ich herausfinde, wer er ist?« Super nützlich. Das letzte Mal, dass er diesen Psycho-Scheiß versuchte.

»Ich würde nicht dazu raten, Mordverdächtige zu provozieren, aber wenn er dich tot sehen wollte, hätte er schon versucht, dich umzubringen.«

»Ich glaube, er hat versucht, mich umzubringen.« Petrosky legte seine Gabel in den Reisbehälter und starrte an Linda vorbei aus dem schneebedeckten Fenster, dann auf das danebenhängende Gemälde mit orange-goldenen Sonnenblumen, so verdammt fröhlich, als wüssten sie, dass der Schnee nicht von Dauer sein würde. Aber vielleicht doch. »Mein Partner wurde in der Nacht erschossen, als Heather starb - der Truck stand einfach mit laufendem Motor auf der Straße, als würde er auf uns warten, Marius Brown stand da, bedeckt mit Heathers Blut, und der Typ auf dem Beifahrersitz zielte mit einer Waffe aus dem Heckfenster ...«

»Marius stand einfach da?« Sie runzelte die Stirn.

»Sah total zugedröhnt aus, ja, aber er fing sicher an sich zu bewegen, als sein Partner Patrick angeschossen hat. Er könnte es vorgetäuscht haben, um uns abzulenken.« Und es hatte funktioniert.

»Was, wenn er es nicht war?«

»Nicht was war?«

»High. Oder am Vortäuschen. Such dir was aus.«

»Er war mit ihrem Blut bedeckt. Bedeckt. Viel zu viel, als dass es von jemand anderem hätte spritzen können, der sie geschlagen hat, egal wie nah er stand. Er muss auf dem Boden gewesen sein und selbst an ihr gearbeitet haben. Und sie haben ihn *bezahlt*, Linda. Warum sollten sie das tun, wenn er sie nicht getötet hätte?« Ein Bild von Brown blitzte hinter Petroskys Augenlidern auf, Heathers Gehirnmasse an Browns Händen, ihr Blut an seinen Khakis, fast schwarz im Mondlicht, das gelatineartige Durcheinander, das von Browns Fingern glitt, das nasse *Plipp* von Eingeweiden, die auf die Straße trafen.

Linda schüttelte den Kopf. »Es *ist* schon seltsam, dass sie noch da waren, als du ankamst. Und mit dem Einbruch ...« Sie lehnte sich zu ihm, ihr Blick hart. »Vielleicht wollte jemand dich in dieser Nacht tot sehen, aber jetzt will er nur sichergehen, dass niemand übrig ist, der dir etwas erzählen könnte. Wenn du wüsstest, wer er ist, wäre er schon in Handschellen. Und es ist riskanter, einen Cop zu töten als jemanden umzubringen, um den sich niemand schert.«

Die Schwere in seinem Magen wanderte in seine Brust, drückte auf sein Brustbein, die wenigen Bissen Chinesisch wurden sauer in seinem Bauch. »Ich schere mich darum. Ich habe mich um sie geschert.«

Linda ließ ihre Gabel in das Orange Chicken fallen und ging um den Schreibtisch herum, um sich neben ihn zu setzen. Sie legte eine Hand auf seinen Arm. »Ich meinte nicht-«

»Nein ... du hast recht.« Seine Stimme brach, nur ganz leicht, aber genug, dass er sich am liebsten selbst in den Hals geschlagen hätte. »Es ist Scheiße, wie es läuft, wie sich niemand schert, außer du hast ... außer du bist mehr wert.«

»Ich weiß, und Leute wie wir stecken in den Schützengräben fest - wir sehen die Menschen, die der Rest der Welt vergisst. Aber es ist okay, Ed.« Sein Name klang gar nicht so schlecht aus ihrem Mund, und plötzlich schien sich sein Schmerz um Heather in ihm zu vervielfachen; er konnte sie in diesem Raum bei ihnen spüren, und seine Hände verkrampften sich vor Verlangen, sie zu halten, ihrem sanften Atem zu lauschen, ihre Locken noch einmal aus ihrem Gesicht zu streichen. Tränen brannten hinter seinen Augen, und er wischte über seine Wangen, während er sein Gesicht abwandte. Linda drückte seinen Arm, ein sanfter, zarter Druck nahe seinem Handgelenk.

»Ich verstehe dich, Ed. Ich habe auch jemanden verloren. Es geht nie ganz weg, aber es wird leichter, das verspreche ich dir.«

Für einen Moment konnte er Heathers blumiges Parfüm riechen, die Gardenie, die sie in ihrem Haar benutzte, ihre Wärme spüren, aber es verging, als Linda ihn losließ. »Es ist hart hier unten in den Schützengräben«, murmelte sie.

Er war sein ganzes Leben lang mit dem Gesicht im Dreck gewesen, buchstäblich oder im übertragenen Sinne. Und er war es leid. Er musste etwas ... Gutes tun. Es musste etwas Besseres geben.

## KAPITEL SECHZEHN

Gene Carr war ein winselnder kleiner Trottel mit einem Gesicht wie ein Gnom und braunen Augen, die zu den Haaren an seinen Schläfen passten – ein älterer Kerl, mindestens fünfzig. Irgendwie kam er Petrosky auch bekannt vor, obwohl er ihn nicht einordnen konnte. Wahrscheinlich aus dem Obdachlosenheim.

Mueller stand auf seiner Seite des Metalltisches, die Finger auf der Oberfläche ausgebreitet, als würde er darauf warten, dass Gene Carr etwas Dummes tat, damit Mueller seine fleischigen Finger um die Kehle des Verdächtigen legen konnte.

»Wie gut kannten Sie Heather Ainsley?«, bellte Mueller.

Genes Lippe zitterte, und er schüttelte den Kopf. »Nur von der Arbeit, Sir.«

»Klingt, als hätten Sie sie gerne etwas besser kennengelernt, als sie es zuließ, stimmt's?«

»Ich... ich...« Carr schüttelte wieder den Kopf. »Nein.«

»Wirklich? Denn ich habe hier eine Aussage ihres Vaters, die etwas anderes sagt.«

»Von Donald?« Seine Augen weiteten sich, und seine Knöchel wurden weiß auf der Tischplatte. »Donald hat das gesagt? Bitte, ich habe nur... ich habe nur angerufen, um sicherzugehen, dass sie zur Arbeit kommt, und dann eines Abends wollten wir nur tanzen gehen, ich schwöre!«

Petrosky musste fast lächeln, als er sich an seinen ersten Besuch bei Heather in Donalds Haus erinnerte. Der alte Kerl hatte in seinem Rollstuhl neben der Haustür gesessen und sein altes Armeegewehr poliert, während er eine herzerwärmende Geschichte über die guten alten Zeiten erzählte, als er im Alleingang drei Dutzend Männer in einer Stunde erschossen hatte. Aber seine Hände hatten zu sehr gezittert, als dass Petrosky ihn ernst nehmen konnte. Es schien, als hätte Gene Donald kennengelernt, bevor die Krankheit dem alten Mann seine Koordination geraubt hatte.

»Sie und Heather waren tanzen?«

»Wir sollten. Das war vor... acht, neun Monaten. Vielleicht im April? Aber sie ist nie aufgetaucht. Ich habe sie danach noch ein paar Mal gefragt, aber sie sagte immer, sie sei beschäftigt.«

April. Das war, als Petrosky sie auf der Straße aufgegriffen hatte. War sie auf dem Weg gewesen, um diesen Trottel zu treffen? Aber wenn das der Fall war, warum hatte sie ihm nicht gesagt, dass sie tanzen gehen wollte, anstatt ihn sie wegen Verdachts auf Prostitution aufgreifen zu lassen? Er hatte sie sogar gefragt, ob sie in dem Massagesalon den Block runter arbeitete, und sie hatte ihn nur angestarrt. *Sie muss Gene an einem anderen Abend getroffen haben.*

»Klingt, als hätten Sie sich sehr für ihren Zeitplan interessiert«, fuhr Mueller fort. »Ein Mädchen immer wieder anzurufen, das kein Interesse hat... scheint das normal für Sie?«

»Ich habe das seit Monaten nicht mehr gemacht!«, sagte er, und als Mueller den Kopf schief legte: »Das Anrufen, meine ich. Sie hat mich immer wieder abgewiesen, also habe ich aufgehört.«

»Weil es Sie wütend gemacht hat, Gene?«

Er schüttelte den Kopf. »Ich war nicht wütend. Schauen Sie mich an.« Er deutete auf seinen dicklichen Bauch. »Was sollte ein schönes Mädchen wie sie mit einem Typen wie mir wollen?« Er zuckte mit den Schultern, aber sein Gesicht war schmerzverzerrt, die Augen so aufrichtig, dass Petrosky ihm... fast glaubte.

»Kennen Sie einen Typen namens Otis Messinger?«, sagte Mueller.

Der Name auf Heathers Bankkonto, die Person, die ihr Geld nach ihrem Tod abgezogen hatte. Petrosky war nach dem Mittagessen unruhig gewesen, als er Mueller über Messinger informiert hatte – er wollte nicht zu früh alle Karten auf den Tisch legen – aber der Gedanke, dass ihr Mord teilweise seine Schuld sein könnte... Er musste alles tun, was er konnte, um den Fall zu lösen.

»Nein.« Gene entspannte seine Hände, und die Farbe kehrte in seine Knöchel zurück.

»Marius Brown, ein Typ, den Sie angeblich ziemlich gut aus dem Obdachlosenheim kennen, ist nach Heathers Tod zu einem Haufen Geld gekommen. Es sieht fast so aus, als hätte jemand ihn dafür bezahlt, sie zu töten.« Mueller beugte sich vor, bis er praktisch Nase an Nase mit dem anderen Mann war, und Genes Gesicht wurde aschfahl. »Was werde ich finden, wenn ich Ihre Konten überprüfe?« Obwohl sie die Antwort darauf bereits kannten: Genes Finanzen waren miserabel. Der Mann hatte vor zwei Jahren nach seiner Scheidung Konkurs angemeldet, und seine Bankkonten zeigten einen ständigen Kampf, um seine Rechnungen zu bezahlen. Und die Arbeit im Obdachlosenheim zahlte einen Scheißdreck. Gene musste nebenbei etwas tun, um über die Runden zu kommen, aber es hatte wahrscheinlich nichts mit Heather zu tun.

»Wo waren Sie am Donnerstag in der Woche vor Thanksgiving?«

Der Tag, an dem Heather getötet wurde.

»Ich... ich habe keine Ahnung. Zu Hause?«

»Allein?«

Gene nickte. »Meistens bin ich das. Seit der Scheidung, nun ja...«

Mueller schnaubte. »Nicht gerade ein wasserdichtes Alibi.«

»Ich wusste nicht, dass ich eins brauchte, Sir.« Jetzt rutschte Gene hin und her, und etwas huschte über sein Gesicht, das seine Lippen zusammenpresste. Er senkte seine Hände unter den Tisch. »Bin ich verhaftet?«

»Nein, sind Sie nicht.« Mueller beugte sich näher. »Noch nicht.«

Gene stand auf. »Dann gehe ich nach Hause.« Seine Augen glitzerten trotzig wie die eines in die Enge getriebenen Waschbären, der keine Lust mehr hatte, sich von irgendjemandem etwas gefallen zu lassen. Er ging um den Tisch herum und hielt sich so nah wie möglich an der Wand – und so weit wie möglich von Mueller entfernt.

Petrosky verließ den Beobachtungsraum und ging zielstrebig Richtung Lobby. Gene kannte seine Rechte besser als die meisten unschuldigen Menschen. Vielleicht hatte er gewusst, dass er zur Befragung vorgeladen werden könnte. Vielleicht wusste er, dass er verhaftet werden sollte. Aber ohne Beweise, die Gene mit Heathers Tod oder mit

Heathers Geld in Verbindung brachten oder eine Beziehung zu Marius Brown nahelegten, konnten sie ihn nicht festhalten. Alles, was sie wussten, war, dass er ein Freund von Heather war, ein Freund, der sie früher ständig angerufen hatte, aber das war nicht illegal. Sie konnten ihn nicht einmal mit dem Anruf in Verbindung bringen, der heute Morgen bei Brown eingegangen war; laut den Mitarbeitern des Obdachlosenheims hatte Gene weder Anrufe getätigt noch die Arbeit verlassen. Aber trotzdem... irgendetwas stimmte nicht mit diesem Kerl.

Die Tür zum Verhörraum quietschte, und Gene kam heraus, fuhr sich mit der Hand durchs Haar. Er sah Petrosky und erstarrte.

Petrosky lächelte und hoffte, dass es raubtierhaft aussah.

Der Mann blieb stehen, ballte seine Hände an den Hüften zu Fäusten und öffnete sie wieder, dann rannte er praktisch zum Ausgang.

Petrosky kämpfte gegen den Drang an, dem Mann nachzurennen und ihn so lange zusammenzuschlagen, bis er ausspuckte, was auch immer er wusste. *Nein, nicht jetzt. Reiß dich zusammen.* Aber verdammt, er konnte es fast schmecken, konnte fast das Eisen des Blutes des Mannes riechen, konnte fast spüren, wie Genes Kiefer unter seinen Knöcheln brach, konnte den Aufprall wie knisternden Zunder hören. Aber Gene war nicht derjenige, dem er wehtun musste. Wenn Petrosky den Mann fand, der für Heathers Tod verantwortlich war... möge Gott ihnen beiden beistehen.

## KAPITEL SIEBZEHN

*Was machst du hier, Petrosky?*

Er rutschte auf dem Sitz seines Grand Am hin und her und starrte auf das Obdachlosenheim, das Betongebäude dunkel unter dem anthrazitfarbenen Himmel, das Licht der Straßenlaterne glänzend auf der Haut des schmutzigen grauen Schnees auf dem Dach. Er hätte nach Hause gehen sollen, um sich auszuruhen, nachdem Gene Carr die Wache verlassen hatte, aber Adrenalin sang durch sein Blut, so elektrisierend, dass der Gedanke zu schlafen ihn aus der Haut fahren lassen wollte. Er hätte zur Bank gehen können, um nach neuen Hinweisen auf Messinger zu suchen, aber dann hätte er es erklären müssen, sobald Mueller davon erfahren würde. Ob es ihm gefiel oder nicht, soweit es die Chefs betraf, war dies nicht sein Fall – er musste cool bleiben oder zumindest ruhig.

Also hatte er sich stattdessen abgemeldet und war zu Genes Haus gefahren, hatte den Block des Mannes umkreist und nach allem Ungewöhnlichen Ausschau gehalten – *vielleicht ein Pickup-Truck?* – und sich dabei Ausreden zurechtgelegt, falls ihn jemand erwischen würde.

Genes Adresse aus Muellers Akte zu stehlen, würde sicher nicht gern gesehen werden. Petrosky glaubte nicht, dass Gene irgendetwas mit Heathers Tod zu tun hatte, aber der Mann war viel zu nervös gewesen, um völlig ahnungslos zu sein – wusste er etwas? Jemand im Heim musste etwas wissen. Deshalb war Petrosky Gene zurück zum Heim für seine Nachtschicht gefolgt, und deshalb saß er drei Stunden später immer noch hier.

Mueller sollte selbst hier sein und diesen Ort beobachten. Marius Brown hatte hier gewohnt. Heather hatte hier ehrenamtlich gearbeitet. Und jemand hatte Heather am Tag ihres Todes von dem Münztelefon vor diesem Gebäude aus angepiepst. Offensichtlich war das Heim eine gemeinsame Verbindung, und Petrosky würde herausfinden, was genau diese Verbindung bedeutete. Hatte Otis Messinger eine Beziehung zum Heim? Messinger besaß es nicht – das Heim war eine staatlich finanzierte gemeinnützige Einrichtung, die von einer lokalen psychosozialen Beratungsstelle betrieben wurde – aber es gab viele Gönner, viele Freiwillige... und viele Möglichkeiten für einen Mann, unbemerkt herumzuschleichen. Die graue Fassade des Heims leuchtete wie ein Leuchtfeuer.

*Sei kein hinterhältiger Bastard, du wirst deinen Ausweis verlieren.* Patricks Worte hallten in seinem Kopf wider. Für einen Kerl, der so wild darauf gewesen war, in den Aktenraum einzubrechen, hatte er seine Meinung sicher geändert, sobald sie tatsächlich Muellers Aufmerksamkeit hatten. Aber Petrosky war jetzt nicht in Muellers Fadenkreuz, nicht hier, eingehüllt in die pechschwarze Dunkelheit hinten auf diesem Parkplatz, weit außerhalb der Reichweite der einsamen Straßenlaterne.

Er kniff die Augen zusammen und blickte in den Rückspiegel auf das Münztelefon auf der anderen Straßenseite und biss in seinen Cheeseburger – mittlerweile aufgeweicht. Er war noch nie ein Fan von Fast Food gewesen, aber verdammt, wenn es nicht praktisch war, um die ganze Nacht auf einem Parkplatz zu sitzen.

Nachdem das Essen weg war, füllte sich der Aschenbecher langsam. Sein Magen wurde sauer von Fett und Zucker. Drei Uhr kam und ging. Vier. Er lehnte sich gegen die Kopfstütze zurück und nippte an kaltem Kaffee aus einer Thermoskanne, die er von zu Hause mitgebracht hatte.

Um halb fünf erschien ein anderes Auto auf der Straße – nein, kein Auto. Größer. Er duckte sich auf seinem Sitz, als die vorbeifahrenden Scheinwerfer das Innere seines Autos erleuchteten... nein, nicht vorbeifahrend. Auf den Parkplatz einbiegend.

Er rutschte tiefer und spähte durch den Seitenspiegel, als das Fahrzeug an seinem Auto vorbeifuhr – ein Van, weiß, keine Fenster. Ein Aufkleber mit der Aufschrift »FOOD GIFTS« war an der Seite angebracht.

FOOD GIFTS. War das eine der Organisationen, die Lebensmittel an die Heime lieferten? Der Van parkte vor dem Gebäude. Der Fahrer stieg aus.

FOOD GIFTS. Etwas kribbelte zwischen seinen Schulterblättern, und er zuckte nach vorne, fast hätte er sich den Kopf am Lenkrad gestoßen. Der Aufkleber, halb abgerissen an der Seite des Pickup-Trucks – *OD...FTS...*

Sein Herzschlag pochte in seinen Schläfen. Petrosky hatte tagelang nach Heathers Tod mit den Buchstaben dieses Aufklebers herumgespielt, verzweifelt darauf bedacht zu wissen, was er bedeutete. Und während er die Namen nahegelegener Unternehmen durchgegangen war, hatte er wohltätige Organisationen nicht in Betracht gezogen, hatte nicht an Wohltätigkeitsorganisationen gedacht. Das hätte er tun sollen. Er hätte vieles tun sollen.

Aber er konnte einige dieser Dinge jetzt tun.

Er sah auf die Uhr – Gene würde erst in zwei Stunden Feierabend haben. Petrosky beobachtete, wie er an seinem kalten Kaffee nippte, sein Herz raste, wie der Fahrer des Vans Kisten auslud. Als der Mann wieder hinter das Steuer stieg, drückte Petrosky seine letzte Zigarette in den Aschenbecher. Der Van bog auf die Hauptstraße ein. Petrosky startete sein Auto.

## KAPITEL ACHTZEHN

Der Hauptsitz von Food Gifts lag zehn Meilen außerhalb von Ash Park, in einer Straße mit so tiefen Schlaglöchern, dass man seine Achsen zerbrechen konnte. Petrosky folgte vorsichtig, hielt einen großen Abstand zum Lieferwagen und fuhr an der Einfahrt vorbei, als der Van auf den Parkplatz eines Lagerhauses einbog.

Er machte ein paar hundert Meter hinter dem Gebäude eine Kehrtwende, fuhr dann zurück auf den Parkplatz und hielt neben einem kirschroten Mustang. Hübsch. Vielleicht zu hübsch für Mitarbeiter einer Tafel, aber was wusste er schon? Er war nur ein einfacher Bulle, aber er würde verdammt sein, wenn er Mueller anrufen würde. Wer wusste schon, was er verpassen würde, während Mueller herumfummelte, um herzukommen? Und Petrosky brauchte den Chief auch nicht am Arsch.

Der Wind biss, als er ausstieg, und rieb an seinem unrasierten Gesicht – mit seinen ungekämmten Haaren und der Jogginghose, die er getragen hatte, um die ganze Nacht im Auto zu sitzen, sah er wahrscheinlich selbst wie jemand aus, der nach Essen suchte. Umso besser. Er hielt auf dem Weg vor dem Gebäude inne, als ein Mann in blauer Latzhose und einer für den eisigen Wind viel zu leichten Windjacke durch die Seitentür eintrat. Petrosky folgte ihm mit gesenktem Kopf.

Das Innere von Food Gifts war ein einziger riesiger Raum, wie die Unterkunft, aber hier lagerten sie Vorräte statt Menschen. Regale vom Boden bis zur Decke säumten alle vier Wände, und ein Palettenhubwagen stand in der Nähe der Mitte. Hinten gab es auch einen Tisch und vier Mitarbeiter, die er sehen konnte, alle in Sweatshirts, Jeans und Strickmützen.

»Kann ich Ihnen helfen?«

Petrosky drehte sich um und sah eine kleine, schlanke Frau auf ihn zukommen – höchstens achtzehn, mit einem Ring in der Augenbraue und einem dicken gelben Scrunchie am Handgelenk. Sie hatte dunkles Haar und helle Augen wie Heather. »Ich bin vom Ash Park Police Department. Ich hätte nur ein paar Fragen zu Ihrer Organisation. Wie heißen Sie?«

Sie blieb ein paar Meter entfernt stehen. »Shandi Lombardi.«

»Lombardi? Italienisch?« Er versuchte zu lächeln – wenn er sie beruhigte, würde sie eher mit ihm reden.

»So in der Art.« Sie tippte mit ihrem Fuß, der in einem winzigen grünen Turnschuh steckte, der aussah, als gehöre er zu einer Puppe.

*Genug Scheiße, Jesus Christus.* Mueller war bei seinem Verhör von Gene Carr sicher nicht höflich gewesen, und der Detektiv war dafür ausgebildet. Petrosky räusperte sich. »Kanntest du Marius Brown?«

Die Augen des Mädchens weiteten sich, dann

verengten sie sich, und ihre Wange zuckte. Seine Nackenhaare sträubten sich.

»Sollte ich wissen, wer das ist?«

*Sie lügt.* Er war sich nicht sicher, woher er das wusste, aber er war sich sicher – spürte es tief in seinem Bauch wie Granatsplitter. »Marius Brown war ein häufiger Besucher der Unterkunft in der Breveport, daher dachten einige der Mitarbeiter, dass eure Organisation vielleicht Kontakt zu ihm gehabt haben könnte. Wir haben auch Grund zu der Annahme, dass ein von Marius gefahrener Truck mit Food Gifts in Verbindung stand.«

»Du meinst einen Van?«

»Nein. Einen blauen Pickup. Mit einem eurer Aufkleber an der Seite.«

Sie kniff die Augen zusammen. »Wir haben hier keine Trucks, nur die Vans. Aber jeder, der eine Spende über fünfundzwanzig Dollar macht, bekommt einen Aufkleber.« Sie legte den Kopf schief. »Warum suchen Sie überhaupt nach diesem Typen?«

»Er ist tot.«

Ihr Fuß tippte Überstunden auf dem Betonboden, aber ihr Gesicht veränderte sich nicht. Vielleicht nervös, aber nicht bestürzt über Brown. Sie erinnerte Petrosky an einen Soldaten in seinem Zug – sie waren aufgewacht und hatten ihn dabei erwischt, wie er ein Kamel folterte, ihm Salz in die Augen rieb, die armen Beine des Tieres am Kniegelenk abgetrennt. Oh, wie es geschrien hatte. Petrosky hatte es in den Kopf geschossen. Es war einer der Tode, die ihn nachts nicht wach gehalten hatten.

»Du kannst dich umhören, aber ich bin mir nicht sicher, ob dir jemand anderes mehr sagen kann, Officer Petrosky.«

Er erstarrte. »Ich kann mich nicht erinnern, dir meinen Namen genannt zu haben.«

»Ich muss es erraten haben.« Aber sie blickte zu Boden, als ob sie sich schämte, und jetzt konnte er das Zittern ihrer Hände sehen, die pulsierende Ader an ihrem Hals. Sie log, aber sie war verängstigt. Und dass sie seinen Namen kannte, sagte ihm mehr als alles andere, was sie gesagt hatte – sie wusste, wer er war ... wer Heather war. Kannte sie Heathers Mörder oder Otis Messinger oder die Person, die in sein Haus eingebrochen war? Brauchte sie auch seine Hilfe? *Was weißt du?*

»Hör zu, du scheinst ein süßes Kind zu sein.«

Sie hob ihr Kinn, und ein Mundwinkel zuckte nach oben – *wie Heather, wie Heather* – aber ihre trotzigen Augen blieben gleich: blaue Tiefen, tief genug, um ihn zu ertränken.

»Wenn dich jemand verletzt, dich unwohl fühlen lässt ... Ich kann dir helfen.«

»Mir geht's gut.« Aber die dunkle Entschlossenheit in ihrem Blick war verschwunden, ersetzt durch kaum verhüllte Panik.

»Ich bin sicher, dir geht's gut. Aber siehst du, ich habe heute Morgen mit Gene gesprochen, und –«

»Was hat der damit zu tun?«, fauchte sie.

*Ich hatte recht.* »Das weiß ich noch nicht genau, aber Gene schien ziemlich nervös zu sein, genau wie du, und ich würde gerne wissen, warum das so ist.«

Die Muskeln in ihrem Kiefer spannten sich an. »Ich habe keine Ahnung, wovon du redest.« Ihr Blick war weicher geworden, Angst und Verwirrung, nicht wie der Kamel-Killer – die Augen dieses Typen waren so tot wie Stein gewesen.

»Kanntest du Heather Ainsley?«

Sie presste ihre Lippen so fest zusammen, dass sie eine dünne weiße Linie bildeten. Zwei rote Flecken erschienen auf ihren Wangenknochen. Mehr Fliegen mit Honig fangen? Scheiß drauf. Man fing mehr Fliegen, indem man ihnen Scheiße gab, selbst wenn man sie direkt aus dem eigenen Arsch zog.

Er beugte sich näher. »Sie ist auch tot, Shandi. Genau wie Marius Brown. Und wenn du denkst, dass du sicherer bist als sie, dann bist du entweder eine Idiotin oder eine Lügnerin. Oder beides.«

Ihr Kiefer klappte herunter, die Augen weit aufgerissen. »Fick dich«, zischte sie.

Shandi wusste mehr, als sie sagte. Gene auch. Was für einen Einfluss hatte dieser Bastard auf sie? »Ich denke, du und Marius arbeitet für denselben Mann, den Mann, für den Heather Ainsley gearbeitet hat. Ich muss wissen, wer er ist.« Er beobachtete sie genau, aber ihre Lippen waren wieder fest zusammengepresst, ihre Brust hob und senkte sich hektisch – sie hyperventilierte. Sie würde ohnmächtig werden, wenn sie nicht vorsichtig war.

*Wer hat dich unter seinem Daumen, kleines Mädchen?*

Shandi blickte nach unten, die Fäuste geballt. Als sie ihren Kopf wieder hob, hatte sich ihr Atem beruhigt. »Sie haben das alles falsch verstanden.« Aber die Stimme war nicht ihre, es war das Summen eines Roboters – etwas, das sie geübt hatte? Sie deutete auf die Tafel um sie herum. »Ich arbeite hier, nicht für irgendeine mysteriöse Person. Und sehen wir wirklich gefährlich aus? Wie Leute, die Marius oder Heather verletzen würden?« Sie ließ ihre Hände fallen und schüttelte den Kopf. »Natürlich nicht. Es ist unser Job, Leid zu lindern.«

*Unser Job ist es, Leid zu lindern.* Sein Magen drehte sich um. *Mein Job ist es, Leid zu lindern.* Oh Scheiße. Diese Worte ... er wusste, wo er sie gehört hatte.

»Wenn du dich an irgendetwas über Marius erinnerst ... vielleicht rufst du im Revier an«, sagte er langsam.

Sie nickte. »Natürlich.« Aber auch das war gelogen; dieses Mädchen wusste mehr, als sie ihm je erzählen würde, aber er brauchte sie nicht. Er wusste bereits, wer ihr Mörder war. Er brauchte nur Beweise, und jetzt wusste er, wo er sie vielleicht bekommen könnte.

## KAPITEL NEUNZEHN

Die Straßenlaternen flitzten auf beiden Seiten des Autos vorbei, die Lampen verschwammen zu einer einzigen weißen Linie. Die Abzweigung zum Revier tauchte auf, näherte sich - und zog vorbei. Er würde Mueller in ein paar Stunden anrufen, aber er würde jetzt nicht den Kurs ändern, damit jemand anderes einspringen und das Ganze vermasseln konnte. Hoffentlich hätte er später etwas Handfesteres als nur eine Ahnung.

Warum sollte man sich auch an die Vorschriften halten? Unpraktisch, das war's. Aber er musste trotzdem vorsichtig sein; wenn er das falsch anpackte, würde Heathers Mörder frei herumlaufen.

Petrosky parkte die Straße runter von St. Ignatius, und während er lief, tauchte die Kirche wie eine Fata Morgana im Meer von Weiß auf, die bunten Glasfenster leuchteten vom flackernden Kerzenlicht auf der anderen Seite der Scheiben. Der östliche Himmel war noch schwarz, obwohl eine Linie von Lila - *nicht Lila, Indigo*, flüsterte Heathers Stimme - am Rand des Horizonts sichtbar war. Bald würde es Morgen sein. Und selbst zu dieser Stunde würde Father

Norman irgendwo im Gebäude sein, wartend auf einen seiner Gemeindemitglieder, um Worte der Weisheit und den sanften Druck einer priesterlichen Hand anzubieten, der Gottes Trost vermitteln sollte.

Aber Father Norman war kein Gott.

Father Norman war ein Mann mit einer Verbindung zum Obdachlosenheim und dessen nie endendem Vorrat an verletzlichen Menschen. Father Norman nahm Fäuste voller Bargeld von Männern wie Donald an, obwohl er wusste, dass sie kaum genug zum Leben hatten. Er war ein Mann, dessen Aufgabe es nach eigenen Worten war, Leid zu lindern, doch seine treuesten Anhänger schienen mehr zu leiden als die meisten. Heather hatte das sicherlich. Und an wen hätte sich ein verzweifeltes fünfzehnjähriges Mädchen besser klammern können als an den freundlichen Priester? Heather hätte ihre Verlobung auch nicht vor ihm verheimlichen können - vielleicht war das der Grund, warum sie nicht wollte, dass ihr Vater von ihrer Beziehung zu Petrosky erfuhr. Sie hatte sich Sorgen gemacht, dass Donald mit seinen zweimal wöchentlichen Beichten es versehentlich ausplaudern würde.

Es könnte eine verrückte Idee sein. Er war bereit, eines Besseren belehrt zu werden. Verdammt, er *wollte* falsch liegen - er wollte nicht, dass das seine Schuld war. Aber wen sonst kannte Heather, mit wem sonst hatte sie wirklich Kontakt? Ihre Mitfreiwilligen sagten, sie hätte selten mit jemandem außer Gene gesprochen. Doch niemand hätte sich zweimal Gedanken darüber gemacht, dass sie sich mit dem Priester austauschte.

*Als ob ihr mysteriöser Wohltäter einfach so in der Öffentlichkeit auftauchen würde.* Aber...

*Meine Aufgabe ist es, Leid zu lindern.*

Er schlich zum Bürgersteig, aber statt die Steinstufen

hochzugehen, folgte er dem Pfad um die Seite der Kirche. Drei steinerne Vogeltränken säumten die rechte Seite des Weges, der zum hinteren Parkplatz führte; zu seiner Linken stand eine Reihe von immergrünen Sträuchern, mit Schnee und Eis überkrustet. Keine Lichter hier hinten. Nur die dunklen Schatten, dick genug zum Ersticken.

An der hinteren Ecke der Kirche trat er vom schattigen Pfad auf den Parkplatz und musterte die Reihe von Autos, Lastwagen und Vans, die der Priester denjenigen lieh, die Waren verteilten, oder für Sonntagsschulausflüge, oder für gelegentliche Gemeindemitglieder, die einfach Hilfe brauchten, um zur Arbeit zu kommen. Dunkel war es dort hinten auch, aber nicht so dunkel, dass er die Farben der Fahrzeuge nicht erkennen konnte. Nichts Dunkelblau oder Schwarz - der einzige Truck hier hinten war weiß, praktisch leuchtend im nebligen Mondlicht, das vom Schnee reflektiert wurde.

Aber das war nicht das, was seine Aufmerksamkeit auf sich zog. Er blickte zurück auf das monströse Gebäude hinter ihm, halb erwartend, eine Gestalt aus den Schatten auftauchen zu sehen, mit erhobener Waffe, aber der Parkplatz blieb still. Lautlos. Er wandte sich wieder dem Truck zu. Zwanzig Fuß entfernt. Fünfzehn.

Über dem hinteren Rad des Trucks war ein weißer Aufkleber, der im Mondlicht schimmerte, mit grellen schwarzen Buchstaben, die praktisch von der Oberfläche des Aufklebers sprangen: FOOD GIFTS. Die Reihe runter trug ein Van denselben Aufkleber. Der Mörder hatte vielleicht versucht, ihn von seinem Fahrzeug abzukratzen, aber der Pickup stammte wahrscheinlich von diesem Parkplatz. Und Father Norman hätte von hier aus gestern Morgen zum Elektrogeschäft laufen können - einfach rüberschlendern, warten bis Brown rauskam und ihm in die Brust schießen. Der Mann hatte Erfahrung in dieser Hinsicht; ein Soldat, der zum Priester wurde. Das war einer der Gründe, warum Donald ihm so bedingungslos vertraute - sein Dienst. Seine Fähigkeit, eine tödliche Waffe zu handhaben.

Scheiße. *Daran hätte ich früher denken sollen.*

Petrosky eilte zurück über den Parkplatz und tauchte in die Schatten an der Seite der Kirche, sein Kiefer so angespannt, dass er seine Zähne knirschen hören konnte. Seine Nägel gruben sich in seine Handflächen. Er erklomm die Steinstufen.

*Reiß dich zusammen. Geduld.*

Petrosky holte tief Luft und riss die schwere Eichentür auf, und drinnen...

Stille. Er ging zu den Beichtstühlen und rief den Namen des Priesters, aber Father Norman war nicht im dämmrigen Inneren der Kabinen - nicht dass er ihn in den Stunden vor der Morgendämmerung dort erwartet hätte. Petrosky ließ die Beichtstuhl-Tür fallen und ging den Gang hinauf, seine Schritte hallten um ihn herum wie die Stimme Gottes, die ihn drängte, endlich nach Hause zu gehen. Es sein zu lassen. Zu vergessen, zu ignorieren, alles irgendwo hinunterzudrücken, wo es nicht wehtun würde, aber trotz des Schmerzes, trotz seiner Erschöpfung, fühlte er sich lebendiger als seit Monaten.

*Was zum Teufel willst du sein, Junge?*

*Ich will jemanden töten, Sir.* Würde das den Schmerz stoppen? Vielleicht. Er war sich noch nicht sicher, ob er den richtigen Mann hatte - aber er würde es sein.

Der Klang seines Atems war scharf, die Farben kräftiger als er sich erinnerte. Um ihn herum hallten seine Schritte weiter, als gehörten sie einem anderen, und sein Herz... Petrosky ließ das Feuer in seiner Seele nach außen lodern, bis seine Brust brannte, die Ränder seines Sichtfeldes dunkel wurden, der metallische Geschmack säuerlich in seiner Kehle.

Hinauf und um die Kanzel herum. Den Gang hinunter zum hinteren Flur. Schweiß rann zwischen seinen Schulterblättern. Die Bürotüren waren geschlossen - abgeschlossen. Aber Norman musste irgendwo dort sein.

Vielleicht schlief er, obwohl Petrosky sich nicht sicher war, wo sich die Wohnräume des Priesters befanden.

Also würde er Norman dazu bringen, zu ihm zu kommen.

Er ging zurück in die Hauptkirche und überquerte den Gang zur zweiten Bankreihe, den riesigen leidenden Christus über sich betrachtend. Endloses Leid. Passend. Wenn er mit dem hier Recht hatte, würde er Father Norman endloses Leid zufügen, diesem elenden Dreckskerl. Er atmete tief ein, und für einen Moment schwor er, den staubigen Grieß von Sand in seinen Nasenlöchern zu spüren.

Petrosky rutschte in die Kirchenbank, kniete nieder und schloss die Augen. Er hatte kaum einen Atemzug genommen, als sich das Bild von Heathers blutverschmiertem Gesicht in sein Gehirn brannte und ihn dazu bringen wollte, die Lider wieder zu öffnen, um auf die Buntglasfenster, die Statuen, die Kerzen zu starren – irgendetwas, um ihn von diesem grausigen Anblick abzulenken. Aber er musste Norman glauben machen, dass er betete, und er dachte nicht, dass Menschen mit offenen Augen beteten. Er presste die Augenlider zusammen. Heathers Parfüm haftete in seinen Nasennebenhöhlen. Und da war ihr Gesicht in der Nacht, als sie starb, die Haare, die er einst von ihrer Schläfe gestrichen hatte, und dann ihr Blut, das seine Hände bedeckte, der Schnee rosa gefärbt … Sand in seiner Nase, sein Freund in Stücke gerissen, die Wüstenglut …

Petroskys Finger kribbelten, und er konnte die Nässe spüren, das glitschige Durcheinander, das über seine Handflächen glitt.

»Ed?«

Seine Augen schnappten auf, und er schoss in die Höhe, benommen vom Blut, das ihm in den Kopf schoss.

»Nein, nein, Ed. Kein Grund aufzustehen.« Norman legte eine Hand auf seine Schulter, und gemeinsam setzten sie sich in die Bank. Normans Augen waren weich, traurig im flackernden Kerzenlicht, und die dunklen Höhlen darunter schienen sich verlängert zu haben, seit dem Tag, an dem sie Heathers Urne abgeholt hatten.

Schuld? Kummer? Ein eifersüchtiger Mann würde eine weiche Stelle für sein ... Opfer haben. Petroskys Rücken versteifte sich, seine Haut brannte, wo Norman ihn berührt hatte, obwohl er versuchte, seine Haltung entspannt zu halten. Der Bastard machte sich wahrscheinlich nur Sorgen, erwischt zu werden.

»Was führt dich her, Ed?«

»Ich habe einige Neuigkeiten zu Heathers Fall erhalten. Ich brauchte einen Ort, um das zu verarbeiten.« Die Lüge rutschte zu leicht heraus.

»Ich verstehe.« Petrosky versuchte, dem Mann in die Augen zu sehen, aber Norman schüttelte den Kopf und senkte seinen Blick zu Boden. »Gottes Haus ist der richtige Ort für diese Sorgen.«

»Gottes Haus und meins.« Als Normans Augenbrauen nach oben gingen, fügte Petrosky hinzu: »Der Mann, der Heather getötet hat, hatte einen Komplizen, der in der Nacht, als Heather starb, im Truck wartete – er hat meinem Partner eine Kugel verpasst. Deshalb bin ich hier.«

»Du hast diese Person gesehen?«

Die Haare in seinem Nacken sträubten sich. Nein,

Petrosky hatte ihn nicht gesehen – der Mann hatte eine Skimaske getragen. Und die Art, wie sich die Stirn des Priesters entspannt hatte, verriet ihm, dass Pater Norman das bereits wusste.

»Ich habe sein Gesicht nicht gesehen, aber ich glaube zu wissen, wer es war. Ich versuche nur zu entscheiden, was ich damit machen soll.«

Pater Norman lehnte sich in der Bank zurück, und Petrosky reckte den Hals, um den Mann im Auge zu behalten. »Ich verstehe«, sagte der Priester leise. »Wie kann ich helfen?« Die Tränensäcke unter seinen Augen schienen sich noch weiter zu verdunkeln. Und Normans Hände zitterten definitiv.

»Nichts, was Sie tun können, Pater. Ich dachte nur, Sie würden es wissen wollen.«

Normans Hand ruhte wieder auf Petroskys Schulter, und er widerstand dem Drang, sie abzuschütteln. »Ich danke dir, mein Sohn. Und wenn es irgendetwas gibt, womit ich dir jetzt helfen kann, vielleicht deine Beichte abnehmen ...«

*Als ob ich mit dir in einen dunklen Beichtstuhl gehe.* War es dort gewesen, wo die Idee gereift war? Der Priester, der durch das hölzerne Gitter des Beichtstuhls zusah, wie Donald seine Geheimnisse ausschüttete, seinen Schmerz darüber reinigte, dass er seine Tochter nicht versorgen konnte? Wie lange hatte es gedauert, bis Norman Heather den Vorschlag gemacht hatte?

Petrosky hatte keine Ahnung. Denn Norman war ein Hüter von Geheimnissen. Alle Priester waren das.

»Ich muss nur eine Weile sitzen – an diesem Ort sein, den Heather so sehr geliebt hat. Ist das in Ordnung?«

Norman nickte, den Blick auf seine zitternden Hände gerichtet. »Bitte bleib so lange du möchtest.« Dann ging er den Gang hinunter zum hinteren Flur und verschwand jenseits des Kirchenschiffs – schneller gehend als üblich, dachte Petrosky. *Er wird sich eine Waffe holen.*

In der Ferne öffnete sich eine Tür und schloss sich wieder. Norman war in seinem Büro. Petrosky stand auf und stampfte zum Ausgang, hielt aber innerhalb der riesigen Eichentüren inne. Er zog seine Schuhe aus und klemmte sie sich unter den Arm, dann zog er die Vordertür hart auf und wartete, um sicherzugehen, dass die Federn sie fangen und zuziehen würden, bevor er zur hinteren Ecke der Kirche schlich, wo das Deckenlicht nicht hinreichte. Er glitt auf dem Bauch unter die hintere Bank, kroch, als wäre er im Sand, als wäre er zurück in der Wüste mit Joey, Schießpulver einatmend, dem schnellen Knattern des Gewehrfeuers lauschend – er konnte den Schmutz fast zwischen seinen Zähnen schmecken. Die Vordertür knallte zu und markierte seinen vermeintlichen Abgang.

Er war sich nicht sicher, worauf er wartete ... aber sein Bauchgefühl sagte ihm, er solle bleiben. Beobachten. Der Priester hatte Petrosky gesagt: »Bleib so lange du möchtest«, was wie eine Einladung zum Eintritt war, wie ein Vampir, der dich erst kriegen konnte, wenn du die Einladung ausgesprochen hattest. Jetzt konnte er den Bastard aufgrund dessen, was er hier sah, zur Strecke bringen, und alles würde nach Vorschrift sein – der schnellste Weg, seine Rechte wegzuwerfen, war es, die Polizei hereinzubitten. Und wenn Norman dachte, Petrosky verdächtigte ihn, würde er versuchen, es zu beheben, vielleicht ein oder zwei Anrufe tätigen, und Petrosky könnte diese Nummern später von der Telefongesellschaft bekommen. Wenn Norman wegging, würde Petrosky ihm folgen. Wenn er sich mit jemandem traf, ein junges Mädchen anrief, um seine Aufregung zu beruhigen, seinen Stress abzubauen, würde

## RETTUNG

Petrosky es sehen. Oder Norman würde Verstärkung rufen, einen anderen Komplizen wie Brown, um Petrosky selbst zu jagen. Welch besserer Ort als diese geheiligten Hallen, um einen Mordplan auszuhecken?

Minuten vergingen, obwohl Petrosky nicht sicher war, wie viele. Seine Rippen schmerzten vom Druck gegen den Holzboden. Ein abgestandener Luftzug strich an seinem Gesicht vorbei. Er ließ seinen Körper in den Moment sinken, seine Augen offen für die Staubpartikel, und lauschte in der Hoffnung, Schritte zu hören, die sich von irgendwo anders im Gebäude näherten, aber die Stille hüllte sich wie ein Mantel um ihn, nur der Wind gegen die Dachbalken testete die Grenzen der stillen, nebligen Düsternis, die sich in seinen Knochen festgesetzt hatte.

Das Holz drückte härter gegen seinen Bauch. Er starrte die Reihe hinauf zum Gang, konzentriert auf ... die Leere. *Leer.* Der Schmerz in seinem unteren Rücken verstärkte sich, dann ließ er nach. *Leer.* Sein Kinn kühlte gegen das Holz. *Leer. Leer. Leer.*

Er hatte gerade die Augen geschlossen, als ein fernes Grollen ihn den Kopf vom Boden heben ließ. Er spitzte die Ohren, aber das Geräusch wiederholte sich nicht. Hatte er es sich eingebildet?

Nein, da war ein anderes Geräusch – ein *Plumps* wie eine zuschlagende Autotür, und obwohl der Schnee den Klang hätte verschlucken sollen, krachte er wie eine kleine Explosion durch das Gebäude.

*Quietsch.* Die Haustür quietschte auf und knallte dann wieder zu. Petroskys Sichtlinie wurde von den Säulen auf beiden Seiten des Ganges blockiert – er musste warten, bis der Neuankömmling weiter in die Kirche trat, bevor er dessen Füße sehen konnte, die an den Bankreihen vorbeigingen. Aus dem hinteren Flur kam ein weiteres *Klonk* –

Father Normans Bürotür – dann das Geräusch der *klickklackenden* Schuhe des Priesters den Gang hinunter. Norman hielt inne, als wäre er überrascht, seinen Gast zu sehen. Dann ging er wieder den Gang hinunter.

Petroskys Muskeln spannten sich an. *Warte. Hör zu.* Er musste Norman auf frischer Tat ertappen – musste hören, wie sie etwas Belastendes sagten. Selbst dann wäre es sein Wort gegen das des Priesters.

Dann bewegte sich die Person an der Tür, trat zögernd an den Säulen vorbei und in Petroskys Blickfeld: Shandis winzige grüne Turnschuhe, ihre zaghaften Schritte das Gummi-auf-Holz-Äquivalent von Weinen. Aber der Priester klackerte den Gang hinauf mit dem harten, schnellen, zielstrebigen Gang von jemandem, der auf einer Mission ist. Näher, näher, an Shandi vorbei, aus Petroskys Sichtfeld. *Oh Scheiße.* Vermutete Norman, dass er sich hier unten versteckte? Kam der Priester jetzt, um ihm in den Hinterkopf zu schießen? Aber dann hörte Petrosky ein *Klonk* – den Riegel an den Vordertüren. Norman hatte sie eingeschlossen.

Mehr Schritte. Petroskys Nackenhaare stellten sich auf, seine Fäuste ballten sich, aber der Priester kam nicht auf ihn zu – Norman ging zum gegenüberliegenden Ende des Kirchenschiffs, wo die Beichtstühle standen. Eine weitere Tür knarrte, so plötzlich und unangenehm, dass Petrosky zusammenzuckte, und die Beichtstuhlstür knallte zu.

*Hör auf dein Bauchgefühl*, würde Patrick sagen. *Dieser Norman ist ein zwielichtiger Typ.* Ein dubiöser Geselle.

Und Petroskys Bauchgefühl sagte ihm, dass dieses Mädchen nicht hier war, um einen Scheiß zu beichten. Er mochte nur ein einfacher Bulle sein, aber er war kein Idiot.

Petrosky schob sich aus dem Raum unter der Bank und trat zurück in die Schatten, während er die Kirche nach anderen Lebenszeichen absuchte. Er sah nur das sanfte Flackern der Kerzen. Ein kaum wahrnehmbares Murmeln drang von der anderen Seite des Raumes herüber.

Petrosky schlich zur Beichtstuhlstür, das Flüstern seiner Socken auf dem Holz so beunruhigend wie das *sch sch* Gleiten einer Schlange. Aber heute würde es keine verbotenen Bäume oder unrechtmäßig erworbenen Äpfel geben. Nur Gerechtigkeit. Die Tür des Beichtstuhls fühlte sich kühl an. Er legte sein Ohr ans Holz, und das gedämpfte Geräusch von Schluchzen sickerte durch.

»Ich fürchte, er weiß es.« Shandi. Benutzte Norman sie auch? Bezahlte er sie für... was? Sexuelle Gefälligkeiten? Deshalb hatte Heather nicht geleugnet, eine Prostituierte zu sein; sie hatte sich sicher wie eine gefühlt.

»Was lässt dich denken, dass er es weiß?«, fragte Norman.

»Er war da, im Lagerhaus, und-«

»Mein Kind, was ich dich zu tun bat, mag nicht orthodox gewesen sein, aber es gibt nichts, wofür du dich schämen musst.«

*Nichts, wofür man sich schämen muss?* Norman würde eine Faust durch seinen Kiefer bekommen, wenn er versuchte, Prostitution oder Drogen oder Mord als »ein bisschen unorthodox« zu verkaufen.

»Aber er weiß von Heather!«

»Du hast keine Geheimnisse, mein Kind.«

Wenn Norman Heathers Hinrichtung befohlen und Marius Brown ermordet hatte, hatte er mehr als nur Geheimnisse, um die er sich Sorgen machen musste.

Shandis Stimme verfiel in verzweifeltes Schluchzen. »Ich... ich weiß immer noch nicht einmal, warum ich sie beobachten sollte! Und jetzt ist sie tot, sie ist... Ich kann nicht...« Sie keuchte jetzt, nach Luft schnappend.

Petrosky kniff die Augen zusammen. *Moment mal, was? Sie beobachten?* Wenn Norman Shandi gesagt hatte, sie solle Heather nachspionieren, ihn benachrichtigen, wenn sie allein wäre, dann war Shandi eine Komplizin. Kein Wunder, dass sie ihm nichts hatte sagen wollen.

»Ich weiß, mein Kind. Trauer ist eine schreckliche-«

»Weißt du, wer ihr wehgetan hat? Werden sie mir wehtun?«

»Mein Kind, du weißt, ich kann nicht-«

»Verdammt, natürlich kannst du!« Ein Knall kam aus dem Inneren des Beichtstuhls, als hätte sie mit der Faust gegen die Holzbank geschlagen. »Du wusstest, dass sie in Schwierigkeiten war – deshalb wolltest du, dass ich sie beobachte!«

Stimmte das? Nein, Norman hatte gewollt, dass Shandi Heather beobachtete, damit er sie angreifen konnte.

»Ich... ich weiß einfach nicht, was ich tun soll«, flüsterte sie. Ein Geräusch, als würde sie aufstehen, und Petrosky trat zurück und suchte nach einem Versteck. Zehn Schritte zu den Bänken, aber er würde es nie rechtzeitig nach hinten schaffen. Nur fünf Schritte zum Flur.

Er rannte zum Büro von Norman und wartete auf das Knarren und Zuschlagen der Beichtstuhlstür, darauf, dass Norman seinen Namen rief, auf das *Klackern* von Schritten, die ihn verfolgten, aber kein Geräusch kam aus dem Kirchenschiff, als er in den Flur huschte und die Dutzend Schritte zu den Büros machte. Er hielt an der Tür neben Normans an – verschlossen. Aber unter der Tür von Father Normans Büro schimmerte Lampenlicht durch den Spalt.

*Klick.* Die Tür öffnete sich. Petrosky zögerte an der Schwelle und lauschte wieder auf Bewegungen von der Vorderseite der Kirche, aber Norman hatte Shandi offenbar überzeugt zu bleiben – und er würde sie hier nicht töten.

Dafür war er zu schlau. Er wusste, wie er sicherstellen konnte, dass ihn nichts belastete. Deshalb hatte er Brown angeheuert – und den berüchtigten Otis Messinger erschaffen.

Und ein paar geflüsterte Worte von einem Mädchen, das offensichtlich die dunklen Geheimnisse ihres Chefs nicht kannte, reichten nicht aus, um Norman des Mordes anzuklagen. Petrosky brauchte mehr. Er wollte, dass dieser Bastard für immer weggesperrt wurde... wenn er den Kerl nicht zuerst selbst erledigen würde. Hinter dem Schreibtisch glühte das Fenster, das Glas subtil orange vom nahenden Morgengrauen.

Petrosky steckte seinen Kopf zur Tür hinaus und lauschte, und als kein Geräusch aus der Kirche kam, schloss er vorsichtig die Tür und rannte zur obersten Schreibtischschublade, wobei er seine Schuhe fallen ließ. Hauptsächlich Bleistifte und Münzen – er schob einen Rosenkranz beiseite, hob einen Block Haftnotizen hoch. Die zweite Schublade enthielt mehr vom Gleichen. Er wandte sich vom Schreibtisch ab zum zweitürigen Aktenschrank in der hinteren Ecke des Raums und hockte sich davor – verschlossen. Das Schweizer Taschenmesser, das er dem Angestellten des Aktenraums des Reviers geklaut hatte, machte kurzen Prozess mit dem Verschluss. Zum Glück hatte er es behalten – das Ding erwies sich als nützlich.

Er riss die unterste Schublade auf, und ein helles *Klirren* erfüllte die Luft. Petrosky hielt inne und lauschte, ob jemand ihn erwischen könnte, und als alles still blieb, spähte er hinein und fand eine halbvolle Flasche billigen Gins, die neben einem kurzen Stapel Hängeordner eingeklemmt war. Er zog die Flasche zusammen mit den Akten heraus und blätterte durch die Ordner. Listen von Freiwilligen. Bibelverse, halbfertige Predigten. Alte Kalender mit den Daten von Taufen und Beerdigungen.

Petrosky lehnte sich auf seinen Fersen zurück und erstarrte, den Blick auf den Schreibtisch gerichtet. Die Öffnung für den Stuhl war normal, aber die Seiten, wo die Schubladen hineingingen, schienen... falsch. Er kniff die Augen zusammen. Ja, die Schubladen auf einer Seite reichten tiefer als auf der anderen, als ob die untere Schreibtischschublade auf der rechten Seite tiefer wäre. Sicher war der Schreibtisch nicht so geliefert worden. Und als er darauf zukroch, konnte er einen winzigen Spalt erkennen, etwa da, wo die Schublade enden sollte, wobei das Holz darunter einen etwas anderen Farbton hatte als die Schublade darüber. Er fuhr mit den Fingern an der Seite der Schublade entlang - glatt, bis er den Spalt erreichte. Jemand hatte eine Kiste unter den Schreibtisch geklebt. Er griff darunter -

*Da.*

Ein winziger halbmondförmiger Ausschnitt an der Unterseite. Er steckte seinen Finger hinein und zog, und eine dünne Holzplatte glitt zurück, ein sanftes *Plumpsen* durchschnitt das hektische Zischen seines Atems - etwas war herausgefallen. Ein Scheckbuch lag offen auf dem Teppich, zwei Namen auf dem Konto: Heather Ainsley und Otis Messinger. Und jetzt ergaben die Bubble-Buchstaben, die Heather auf die Rückseite ihrer Akten zu Hause gekritzelt hatte, noch mehr Sinn. Big Daddy. Wer könnte besser »Big Daddy« sein als *Pater* Norman?

»Verdammt nochmal. Du mutterfickendes -«

»Ich muss dich bitten, den Namen des Herrn hier nicht zu missbrauchen, mein Sohn.«

Petrosky schreckte hoch, verfehlte nur knapp die Schreibtischplatte mit seiner Stirn, als er auf die Füße sprang, fummelnd seine Waffe aus dem Holster zog und zielte.

Norman stand in der Türöffnung mit dem Mädchen vor sich wie ein menschlicher Schutzschild, seine Hände auf Shandis dünnen Schultern, ihr Körper zitternd, ihre Augen auf ihre winzigen grünen Turnschuhe gerichtet.

# KAPITEL ZWANZIG

Norman war ausdruckslos, aber als das Mädchen ihren Kopf hob, war ihr Gesicht nur allzu leicht zu lesen: Shandi war zu Tode erschrocken. Petrosky verengte seine Augen. Norman schien unbewaffnet, aber das bedeutete nicht, dass der Kerl nicht mit einer Bewegung ihren Vogelhals brechen konnte, wie es einige von Petroskys Kameraden während des Krieges getan hatten.

»Senk die Waffe, Ed.«

Petroskys rechtes Auge zuckte. Das Mädchen begann zu weinen.

»Lass sie gehen, Norman.«

Normans Augen weiteten sich. »Sie ist aus freien Stücken hier.« Er hob seine Hände, aber Shandi blieb wo sie war und wich zurück, bis ihre Schultern gegen die Brust des Priesters stießen.

»Wirst du uns töten?«, flüsterte sie mit zitternder Stimme. »Bitte töte uns nicht.«

Petrosky hielt die Waffe weiterhin auf Normans Gesicht gerichtet, aber sein Verstand raste. *Dieses Mädchen hat Angst vor... mir?*

*Es ist eine Falle.*
*Er wird dich töten, sobald du unachtsam wirst.*
Aber dieses Mädchengesicht, von Tränen gestreift... Norman hatte keine Waffe, und Petrosky konnte keine Taschen in der Tunika des Priesters sehen. Er senkte seine Waffe, ließ aber den Finger am Abzug.

»Es scheint, wir müssen uns unterhalten, Ed.« Die Stimme des Priesters war sanft wie immer, aber jetzt konnte Petrosky den manipulativen Klang darin hören, die Art von Stimme, die geübt war, um Ruhe bei denen um dich herum zu fördern. Damit du sie kontrollieren kannst.

Er umklammerte die Waffe fester.

»Shandi, geh raus«, sagte Norman sanft. »Das ist nur ein Gespräch unter Freunden.«

Petrosky hätte fast gesagt: »Du hast hier nichts zu sagen, Norman«, aber er wollte Shandi dort genauso wenig wie Norman.

Das Mädchen zögerte und starrte erst ihn, dann Norman an.

»Geh«, sagte Petrosky.

Sie hastete zum Flur und ließ die Tür hinter sich offen. Norman drehte Petrosky den Rücken zu und schloss sie, und als er sich Petrosky wieder zuwandte, waren seine Augen wässrig.

*Heuchler. Du wirst mir gleich erzählen, dass du sie umgebracht hast, du Arschloch.*

Norman setzte sich auf den Stuhl vor dem Schreibtisch, und Petrosky nahm ihm gegenüber Platz, wobei er die Waffe unter der Tischplatte auf Norman richtete, falls der Mann irgendwelche versteckten Waffen hatte, von denen er nichts wusste.

»Dann lass mal hören, Norman.«
»Vater Norman.«

»Was für ein beschissener Priester du bist.«

Norman runzelte die Stirn, antwortete aber nicht.

»Erzähl mir davon.« Petrosky warf dem Mann das Scheckbuch in den Schoß. Norman machte sich nicht einmal die Mühe, darauf zu schauen, sondern hielt seinen Blick auf Petrosky gerichtet.

»Es ist ein gemeinsames Girokonto.«

»Das weiß ich, Genie. Wie wäre es, wenn du mir erzählst, warum du Heather bezahlt hast.« *Sag mir, was du ihr angetan hast, verdammt, sag es mir.*

»Ich habe sie nicht bezahlt. Ich habe sie... unterstützt.«

»Klar«, sagte Petrosky und starrte Norman wütend an. Wie konnte Heather diesem Typen je vertraut haben? Aber... er hatte es auch. Petrosky räusperte sich. »Hast du sie getötet, weil du nicht wolltest, dass jemand herausfindet, wie sie sich diese Unterstützung verdienen musste?«

»Ich habe sie nicht getötet.«

»Natürlich nicht.« Seine Schultern schmerzten vor Anspannung. Die Luft um sie herum war dünn geworden, als hätte Norman den ganzen Sauerstoff im Raum durch Bullshit ersetzt. »Das Mädchen, das gerade gegangen ist... zahlst du sie auch für versaute Sachen?«

»Du kannst gerne mit Shandi sprechen. Frag sie, was du willst.«

*Sie wird mir einen Scheiß erzählen.* »Warum erklärst du nicht, warum sie jetzt hier ist. Ich bin sicher, Kooperation wird dem Staatsanwalt sehr entgegenkommen.«

Normans Lippen zitterten, aber er presste seinen Mund zusammen und sagte nichts. Dann, mit einer Stimme, die so leise war, dass sie kaum wahrnehmbar war: »Sie hat für mich auf Heather aufgepasst.«

*Ich weiß nicht mal, warum ich auf sie aufpassen sollte!*

»Und warum solltest du Heather beobachten lassen?«

Die Lippe des Priesters zitterte immer noch - er hatte Angst. Schuldig wie die Sünde. »Es ist fast so, als bräuchtest du jemanden, der sie im Auge behält, jemanden, der sicherstellt, dass sie hinter dieser Schule auftaucht, damit du sie kaltblütig ermorden kannst.«

»Ich habe nichts dergleichen getan. Aber ich habe Menschen, denen ich vertraue, Menschen, die ab und zu nach ihr gesehen haben. Sie war ruhig, schüchtern, wie du weißt.« Und bei dem Wort »schüchtern« brach seine Stimme, wenn auch nicht vor Trauer - das war heißer, schärfer, irgendeine schlecht verborgene Wut, die Petrosky nicht einordnen konnte.

»Menschen, denen du vertraust... also mehr Leute als nur Shandi? Gene auch?« *Rief früher ständig hier an, hatte was für sie übrig.*

Norman schluckte schwer und nickte dann langsam.

Er hatte eine ganze Armee da draußen, die Heather beobachtete. Aber er hatte keinen Grund, ihr zu folgen, es sei denn, er wusste, dass sie in Schwierigkeiten war.

»Ich wollte sie nur beschützen.«

»Du wusstest also, dass sie in Gefahr war.« *Weil du sie in Gefahr gebracht hast, du erbärmlicher Hurensohn.*

»Ich vermutete es nur. Ich habe sie an diesem Tag sogar angepiepst, um sie zu warnen, ihr zu sagen, sie solle vorsichtig sein.«

»Du warst derjenige, der sie angepiepst hat-«

Er hob eine Hand. »Ich hätte nie gedacht, dass es so weit gehen würde; dass es auf diese... Weise passieren würde.« Sein Atem stockte wieder, aber diesmal füllten sich seine Augen. »Ich dachte, ich würde euch beide an meinem Altar verheiraten, sie den Gang entlang gehen sehen, dass ich eure Kinder taufen würde.« Tränen liefen über und rannen seine Wangen hinunter, und Petroskys Hand erschlaffte um seine Waffe. War Norman so ein guter Lügner, täuschte er nur vor? Oder waren das Tränen der Schuld?

»Nun, wenn du es nicht warst, *Vater*, wer war es dann? Wer hat sie getötet?«

Der Priester blickte an Petrosky vorbei, das orange Glühen des Sonnenaufgangs spiegelte sich in seinen Iris wie Flammen.

Petrosky hob eine Faust und schlug so hart auf die Tischplatte, dass Norman zusammenzuckte. »Hör auf, mich zu verarschen, und sag mir, was du weißt.«

»Ich fürchte, das kann ich nicht, mein Sohn.« Norman verschränkte die Arme, und jetzt waren seine Augen kalt, stählern - entschlossen. »Manche Dinge sind nicht dafür bestimmt, ans Tageslicht zu kommen.«

»Du wirst jetzt nicht mit irgendeinem Beichtgeheimnis-Scheiß ankommen-«

»Es ist kein Scheiß, wie du sagst. Ich bin nur ein Vermittler. Die Beichte ist eine heilige Verbindung zwischen dem Herrn und seinen Kindern.«

»Wenn jemand gestanden hat, Heather getötet zu haben-«

»Das haben sie nicht.«

»Wie zum Teufel-«

»Vergangene Verfehlungen sind oft einmaliger Natur - ein Fehler, ein kurzer Moment mangelnden Urteilsvermögens. Aber manchmal wiederholen sie sich. Wenn wir die Anzeichen sehen, greifen wir ein, wo wir können; den Rest überlassen wir Gott.«

»Dein Gott hat meine Verlobte umgebracht, also entschuldige, wenn ich diesen Scheiß nicht glaube -«

»Der Herr wirkt auf Wegen, die wir nicht immer verstehen.«

»Da unterscheiden wir uns, Norman: Ich muss es verstehen. Und ich werde nicht aufhören, bis ich es tue.«

»Er wird dich töten.«

»Wie bitte?«

Normans Lippen pressten sich zusammen, und er atmete tief durch die Nase ein, dann ließ er die Luft so langsam wieder aus, dass Petrosky ihm am liebsten direkt eine in die Fresse gehauen hätte. »Die Furcht des Herrn verlängert das Leben, aber die Jahre der Gottlosen werden verkürzt.«

»Das wolltest du nicht sagen.« *Furcht des Herrn, von wegen - Gott hat damit nichts zu tun.* »Und wenn du glaubst, dass dein Gott mich töten will, weil ich Heathers Tod untersuche, machst du keine gute Werbung für die geistige Gesundheit religiöser Menschen.« Er beugte sich über den Schreibtisch und starrte Norman in die Augen. »Lass uns so tun, als würde ich dir glauben. Wenn du die Beichte von jemandem Gefährlichem gehört hast, einem Mörder, ist es nur eine Frage der Zeit, bis er es wieder tut. Du bringst deine ganze Gemeinde in Gefahr.«

»Die Gefahr ist vorüber.«

»Nach deiner Aussage von eben zu urteilen, denkst du wohl, ich könnte auf der Abschussliste stehen.«

»Hütet euch vor den falschen Propheten«, platzte es aus dem Priester heraus, »die in Schafskleidern zu euch kommen, inwendig aber sind sie reißende Wölfe.« Er wischte sich die Augen. »Matthäus 7:15.«

»Leg dich nicht mit jemandem an, der eine Waffe auf dich richtet.« Petrosky hob den Lauf über die Tischplatte und zielte auf Norman. »Rat einer weisen Frau, einer Nutte, die ich drüben im Osten getroffen habe.«

»Die Gefahr wird bald vorbei sein«, wiederholte Norman, und etwas in seinem Gesicht erinnerte Petrosky an Heather, wie sie am Ende eines langen Tages aussah - erschöpft, aber erleichtert.

»Du kannst nicht sicher sein, dass keine Gefahr mehr besteht. Aber du kannst sicher sein, dass du im Knast landest, wenn du nicht anfängst zu reden.«

»Meine Verbindung zum Herrn wird mich durch alle Herausforderungen tragen, solange ich meinen Glauben bewahre.«

Das glaubte Petrosky ihm. Er könnte Norman morgen einsperren, und der Typ würde ewig dort sitzen, die Lippen versiegelt.

Aber nichts davon erklärte, warum er Heather Geld gegeben hatte. »Du sagtest, du hättest sie unterstützt, aber du kannst nicht jedes Mitglied deiner Gemeinde unterstützen. Also warum Heather?«

»Heather war etwas Besonderes.«

»So wie Marius Brown etwas Besonderes war?«

Die Augen des Priesters verengten sich.

»Marius kam kurz nach Heathers Tod zu viel Geld. Ich nehme an, das warst du, der ihn dafür bezahlt hat, sie mit dem Geld von Heathers Konten zu töten?« *Gib's zu, du Wichser.* Aber die Gewissheit, die er bei seiner Ankunft gehabt hatte, war zu einem schweren Unbehagen in seiner Magengrube geworden.

Die Nasenflügel des Priesters blähten sich. Petroskys Unsicherheit verschwand - niemand außer Father Norman hatte Zugang zu diesen geheimen Konten. Warum sonst würde er sie hinter einer versteckten Klappe unter seinem Schreibtisch aufbewahren? Und obwohl es so offensichtlich war, konnte der Typ es immer noch nicht zugeben.

»Himmel, Arsch und Zwirn, hör auf rumzueiern und sag mir verdammt nochmal die Wahrheit! Wenn du sie nicht selbst getötet hast, wusstest du genug, um es zu verhindern. Und du weißt ganz genau, wie Marius Brown damit zusammenhängt.«

»Marius hat mir geholfen, auf Heather aufzupassen, das will ich nicht leugnen.«

»Und sie ist zufällig unter seiner Aufsicht gestorben, mit ihm voller Blut, kurz bevor du ihn ausgezahlt hast.« Petrosky klopfte mit dem Griff seiner Pistole auf das Holz.

Normans Kiefer spannte sich an. »Ja, ich habe Marius das Geld gegeben. Heather brauchte es nicht mehr.«

*Ich wusste es.* »Aber Donald braucht es. Deshalb hat sie es gespart. Und das Geld war da, bis du Marius Brown dafür bezahlt hast, sie zu töten.«

»Ich habe nichts dergleichen getan.« Aber sein Gesicht war verhärtet, und seine Augen waren trüb - weniger entschlossen. War das Angst?

»Warum hast du ihn dann bezahlt?«

»Das musst du ihn fragen.«

*Frag ihn.* Präsens. »Wir haben heute Marius Browns Leiche gefunden«, sagte Petrosky langsam und beobachtete das Gesicht des Priesters. »Erschossen.«

Normans Kiefer klappte herunter. Seine Haut wurde blass - Schock. *Er wusste es nicht.* Dann: »Nein. Nein, das kann nicht... Marius? Er war problematisch, aber... oh nein.« Der Damm brach. Seine Schultern zitterten. Tränen liefen über seine Wangen. Kein Weg, dass der Priester so ein guter Lügner war.

»Warum sollte jemand Marius töten, Pater?«

»Darauf kann ich keine Antwort geben.« Norman starrte wieder durch das Fenster in die Morgendämmerung. Sein Gesicht war nass. »Es wird Zeit, dass du gehst.« Er beobachtete die aufgehende Sonne, während Petrosky die Waffe ins Holster steckte und seine Schuhe schnappte. Das

Scheckbuch lag offen in Normans Schoß - Petrosky schnappte auch das.

»Ed?«

Er drehte sich an der Tür um und sah, wie Normans Blick auf ihn gerichtet war, sein Gesicht ernst. »Seid klug wie die Schlangen und ohne Falsch wie die Tauben.«

Ohne Falsch wie die Tauben. Wie die, die Heather nie mehr züchten würde.

## KAPITEL EINUNDZWANZIG

Petrosky machte sich auf den Weg zur Polizeiwache und erwartete, dass Mueller oder Patrick im Morgenlicht auf ihn warten würden, bereit, ihn wegen des Ziehens einer Waffe auf Pater Norman zu verhaften. Aber niemand blickte auf, als er durch den Großraumbüro zu Muellers Schreibtisch schritt. Der Detektiv war bereits auf den Beinen.

»Hast du Patrick gesehen?«, fragte Petrosky.

»Deinen Partner verloren, was? Er wird schon auftauchen.«

*Soll ich es ihm sagen?* Aber was würde Petrosky sagen? Dass Pater Norman gesagt hatte, *jemand* in seiner Kirche hätte Heather getötet? Dass er die ganze Zeit eine Waffe auf das Gesicht des Priesters gerichtet hatte?

»Gibt's was Neues im Fall Marius Brown?«

»Nur die Autopsie.« Mueller zuckte in seinen Mantel. »Einzelne Schusswunde, Flugbahn von oben nach unten; sieht aus, als hätte jemand auf dem Dach des Nachbargebäudes gesessen und darauf gewartet, dass er rauskommt. Er hat's wahrscheinlich nie kommen sehen.«

Vom Dach aus erschossen - der Killer hatte sich nicht mal die Hände schmutzig gemacht.

Mueller wandte sich zur Treppe, und Petrosky legte ihm eine Hand auf die Schulter. »Hey, Mueller, kannst du kurz-«

»Ich muss los. Benachrichtigung der nächsten Angehörigen von Brown, hat ewig gedauert, sie zu finden. Die Mutter hat geheiratet und sich nie die Mühe gemacht, ihren Namen beim Staat oder der Führerscheinbehörde zu ändern, ist einfach bei ihrem Mann eingezogen. Hat ihren Führerschein verfallen lassen und alles.« Mueller runzelte die Stirn über Petroskys Hand, und Petrosky ließ seinen Arm fallen. »Ich hasse sowas«, murmelte Mueller.

»Kann ich mitkommen?« Während Norman zugegeben hatte, Brown das Geld gegeben zu haben, mussten sie beweisen, dass es mehr als nur Wohltätigkeit gewesen war. Vielleicht hatte Marius Browns Familie Einblicke in Browns plötzlichen Geldsegen... und was Brown dafür zu tun bereit gewesen sein könnte. Denn selbst wenn Norman Brown nicht dafür bezahlt hatte, Heather zu töten - und Petrosky war sich immer noch nicht ganz sicher, ob er das glaubte - gab man jemandem nicht diese Art von Geld, es sei denn, sie hätten es sich verdient.

---

»Können Sie sich einen Grund vorstellen, warum jemand Ihrem Sohn schaden wollte?«

Grace Johnson schüttelte den Kopf, ihre Schultern hingen - besiegt. »Er war... schwierig, also kann ich's nicht mit Sicherheit sagen. In Drogen und so verwickelt. Konnte sich nie wirklich zusammenreißen.«

Schwierig - dasselbe Wort, das Pater Norman benutzt

hatte, fast so, als hätten die beiden vorher darüber gesprochen.

»Ich hab ihm gesagt, er soll wiederkommen, wenn er clean ist, dachte, harte Liebe wäre der richtige Weg...« Sie wischte sich Tränen von den Wangen. »Nachdem ich ihn abgeschnitten hatte, verbrachte er die meiste Zeit in diesem Obdachlosenheim.«

Abgeschnitten, hm? War das der Grund, warum Brown weiter zur Arbeit ging, trotz all des Geldes auf der Bank? Weil er nicht an das Geld herankam?

Mueller bohrte weiter: »Wir haben Grund zu der Annahme, dass Ihr Sohn möglicherweise eine Frau getötet hat, einige Monate vor seinem Tod.«

Ihre Augen weiteten sich. »Marius? Nicht mein Marius.«

Ach, Liebe. Wenn man zu nah dran ist, um einen Menschen so zu sehen, wie er wirklich ist.

»Wir haben eine positive Identifizierung. Einen Zeugen. Einen Geldzufluss auf seinem Bankkonto am Tag nach dem Mord.«

Sie starrte auf die Wand hinter ihnen, ihre Knöchel weiß. Die Stille dehnte sich aus.

»Kannten Sie Heather Ainsley?«

Ihr Kiefer spannte sich an, aber sie richtete ihren Blick zurück auf Muellers Gesicht.

»Ma'am?«

Jetzt blickte sie nach unten. »Ich kannte ihre Mutter.« Ihre Stimme war angespannt, aber diesmal nicht vor Traurigkeit - sie klang wütend.

»Ihr Sohn war am Tatort von Ainsleys Mord«, sagte Mueller. »Mit ihrem Blut bedeckt. Wir glauben, er hat sie getötet, aber was wir nicht verstehen können, ist warum.«

Wenn er sie für das Geld getötet hatte, brauchte es

keinen anderen Grund. Aber diese Frau hatte ihren Sohn abgeschnitten. Wann? Hatte sie Browns Konten zur Zeit von Heathers Tod kontrolliert? Und wenn das der Fall war... warum hätte Brown sich überhaupt die Mühe gemacht, es zu verdienen, indem er Heather tötete?

Ihr Kiefer spannte sich an, entspannte sich, spannte sich an, entspannte sich.

»Ma'am?«, sagte Mueller erneut.

Sie presste ihre Lippen fester zusammen.

»Wie haben Sie ihn abgeschnitten?«, fragte Petrosky. »Hatte er nicht seine eigenen Bankkonten?«

»Ich... Sie gehören mir. Er wusste nichts davon - ich habe sie einfach auf seinen Namen gesetzt. Ich dachte, wenn es ihm besser ginge...«

*Sie ist diejenige, die Norman bezahlt hat?*

Petrosky und Mueller tauschten einen Blick aus. *Komm schon, Lady, gib mir irgendwas.* Er brauchte einen Grund, um von Pater Normans Beteiligung zu wissen, außer in den Schreibtisch des Priesters einzubrechen oder das Obdachlosenheim zu beschatten, wo er absolut nicht hätte sein sollen.

»Wenn Marius Zeit im Obdachlosenheim verbracht hat, glauben Sie, dass er dort jemandem nahestand? Vielleicht Freundschaften in der Kirche die Straße runter geschlossen hat?« Petrosky starrte sie an, gleichmütig, ohne zu blinzeln. Ihre Nasenflügel bebten.

»Ich weiß, dass viele dieser Jungs runtergehen, um Pater Norman zu sehen, und wenn jemand dort draußen es auf Marius abgesehen hatte...« Er blickte wieder zu Mueller. »Vielleicht sollten wir den Priester fragen.«

Ihr Gesicht veränderte sich fast unmerklich, Panik funkelte durch ihre Trauer. Mueller versteifte sich - er musste es auch gesehen haben.

Sie starrte Petrosky an, als würde sie ihre Optionen

abwägen, dann ließ sie ihr Kinn auf ihre Brust sinken. »Ich wusste, dass das irgendwann passieren würde.«

Mueller zuckte zurück. »Sie wussten, dass Marius morden würde-«

»Nein, dass Leute... es herausfinden würden...« Sie seufzte.

»Was herausfinden?«, fragte Mueller, aber Petroskys Welt hatte sich verlangsamt.

»Na ja, ich und... ich meine, Sie wissen schon. Deshalb sind Sie doch hier, oder? Weil er Marius Heathers Geld gegeben hat?«

»Ma'am-«

»Ich wollte ihn nicht in Schwierigkeiten bringen, okay? Ich hab manchmal darüber nachgedacht - ich hasste es, dass Marius in diese Kirche ging, dass sie überhaupt Kontakt hatten. Aber er zahlte Unterhalt, solange ich niemandem erzählte, dass er Marius' Vater war - ich glaube nicht mal, dass Marius es wusste.«

Mueller kniff die Augen zusammen. »Marius' Vater? Von wem reden wir-«

»Pater Norman«, sagte Petrosky. Mueller ruckte mit dem Kopf in Petroskys Richtung, dann zurück zu Grace, als sie nickte.

»Weiß Pater Norman davon?«, fragte Mueller. »Von Marius' Tod?«

*Ja.*

»Na ja, ich hab's ihm sicher nicht gesagt - ich hab ihn seit Jahren nicht gesehen.« Sie zuckte mit den Schultern. »Wir sind nicht im Guten auseinandergegangen.«

Mueller lehnte sich näher. »Und warum ist das so, Ma'am?«

Sie wischte sich die Augen. »Ich war bei weitem nicht die Einzige.«

## KAPITEL ZWEIUNDZWANZIG

»Der verdammte Priester. Kannst du das glauben?«, Mueller trommelte mit den Fingern auf dem Lenkrad. »Du hast einen guten Riecher, Petrosky.«

Aber die Worte drangen wie durch einen Nebel zu ihm durch. Er hatte alles falsch verstanden. Father Norman war Marius Browns Vater, Heathers Vater, der seine Kinder dafür bezahlte, ihre Abstammung geheim zu halten. Brown hatte »Otis Messinger« nicht gebraucht - seine Mutter hatte das Konto für ihn eingerichtet. Aber Heather hatte einen Mitunterzeichner gebraucht; als der Priester anfing, sie zu bezahlen, war sie fünfzehn, und Donald wusste wohl nicht, dass Heather nicht seine Tochter war. Sonst hätte sie sich diese ausgeklügelte Geschichte über die Buchhaltung nicht ausdenken müssen, und Donald wäre sicher nicht so freundlich zu Norman gewesen, wenn er gewusst hätte, dass der Priester mit seiner Frau geschlafen hatte. Warum Norman bis zu ihrer Teenagerzeit gewartet hatte, um sie zu bezahlen, hatte Petrosky keine Ahnung - vielleicht wollte Heathers Mutter keine roten Flaggen hissen, indem sie zusätzliches Geld herumliegen hatte. Aber als Nancy

Selbstmord beging und Norman erkannte, dass Heather das Geld brauchte...

Trotzdem, warum war Heather in der Nacht, als sie sich trafen, auf der Straße unterwegs gewesen, wenn sie all dieses Geld hatte? Warum waren sowohl sie als auch Marius Brown ermordet worden? Obwohl... es war möglich, dass jemand den Priester wegen seiner Affären ins Visier genommen hatte. Er seufzte. Warum zum Teufel durfte Norman das ganze Zölibat ignorieren, aber trotzdem Beichtgeheimnisse bewahren? Das war religiöses Rosinenpicken vom Feinsten.

»Ich setze dich am Revier ab«, sagte Mueller gerade. »Ich will heute etwas Zeit in der Kirche verbringen, mit diesem Father Norman plaudern und sehen, was ich herausfinden kann.« Er schüttelte den Kopf. »Der Scheißpriester.«

Aber Petrosky wusste bereits, was Norman Mueller erzählen würde: einen ganzen Haufen Nichts. Hoffentlich würde er den Teil über Petroskys frühmorgendlichen Besuch auslassen. Er starrte aus dem Fenster auf den schmelzenden Schnee. »Seid klug wie die Schlangen und ohne Falsch wie die Tauben. Viel Spaß damit.«

»Siehe, ich sende euch wie Schafe mitten unter die Wölfe«, sagte Mueller mit einem Schnauben. »Ich hätte dich nie für einen religiösen Menschen gehalten.«

Petrosky wandte sich vom Fenster ab. »Was?«

»Der Rest des Zitats. ›Siehe, ich sende euch wie Schafe mitten unter die Wölfe; seid klug wie die Schlangen und ohne Falsch wie die Tauben.‹ Meine Großmutter hat das ständig gesagt.«

Mitten unter die Wölfe. Ein Wolf im Schafspelz... Was hatte Norman noch gesagt? Etwas über falsche Propheten, die wie Schafe aussahen, aber... reißende Wölfe waren.

*Wölfe, Wölfe.* Das war ein bisschen zu zufällig. Also, was versuchte Norman ihm zu sagen? Niemand hatte Heathers Mord gestanden, wenn er dem Priester glaubte... aber vielleicht hatte Norman eine Vermutung, wer Marius Brown getötet hatte.

Wölfe. Der *einsame Wolf.*

*Nein.* Das war nicht möglich. Es ergab überhaupt keinen Sinn.

*Father Norman verarscht mich.*

Aber was, wenn nicht?

*Die Furcht des Herrn mehrt die Tage; aber die Jahre der Gottlosen werden verkürzt.*

Ein kurzes Leben - jemand Krankes. Sterbender.

»Alles okay?«, fragte Mueller.

»Ja, alles gut«, sagte Petrosky und versuchte, seine Stimme ruhig zu halten. »Ich habe nur ein paar Dinge im Revier zu erledigen.«

»Kein Problem. Ich setze dich ab, damit du deinen Partner finden kannst.«

Aber er würde das nicht mit einem Partner machen.

*Was zum Teufel willst du sein, Junge?*

*Sicher, Sir.*

Sicher.

# KAPITEL DREIUNDZWANZIG

Donald saß da und starrte aus dem Vorderfenster, seine Augen stumpf, die zitternden Hände ruhten auf dem Hund in seinem Schoß. »Was willst du, Ed? Ich bin schrecklich müde.« Er sah auch so aus - blasse Haut, eingefallene Wangen, eingesunkener Brustkorb.

*Ich muss mich hierbei irren.* Aber wenn jemand Petroskys Tochter getötet hatte...

»Hör zu, Donald, Marius Brown, der Mann, der Heather ermordet hat... er wurde gestern tot aufgefunden. Erschossen, mit einer Flugbahn von oben, wie von einem Scharfschützengewehr.«

»Ach so.«

»Kanntest du ihn, Donald?« Petroskys Muskeln waren so angespannt, dass er fürchtete, sie könnten reißen. Donalds Blick blieb auf das Fenster fixiert. »Das Obdachlosenheim ist gleich die Straße rauf von der Kirche; vielleicht ist Marius manchmal dort hingegangen? Vielleicht hast du ihn beim Bingo-Abend getroffen?«

»Bin mir nicht sicher.«

»Donald... ich muss wissen, was Sache ist«, sagte er, und der alte Mann drehte sich endlich zu Petrosky um, die Augen jetzt glänzend. »Wenn ich auf den Dachboden gehe und dein altes Gewehr hole, werde ich dann feststellen, dass es kürzlich abgefeuert wurde? Werden sie die Kugel, die wir aus Marius' Brust geholt haben, deiner Waffe zuordnen können?«

Der Mann blinzelte, sein blasses Gesicht geisterhaft in den Sonnenstrahlen, die durchs Fenster fielen. »Wie glaubst du denn, dass ich da rübergekommen bin, um diese Sache zu erledigen? Sieh mich an, Junge.« Er deutete auf seine Beine - dünn, aber... nicht so atrophiert, wie sie sein sollten. »Glaubst du, ich werfe diesen Stuhl jeden Abend wie durch ein Wunder ab?«

Der Zwischenstopp, den Petrosky auf dem Weg hierher gemacht hatte, legte genau das nahe. »Ich denke, das tust du - oder zumindest kannst du es.«

»Aber-«

»Deine Sozialarbeiterin hat mir erzählt, dass du Physiotherapie hattest, aber dass sie sich keine Sorgen machte, als der Scheck platzte, weil du keine PT mehr brauchtest - obwohl du immer noch nicht liefst.«

»Es hat nicht geholfen.«

»Vielleicht nicht. Der Physiotherapeut sagte, du könntest ganz gut laufen - deine Muskeln funktionierten, auch wenn du dich weigertest aufzustehen.« Petrosky folgte Donalds Blick zu dem Hund in seinem Schoß, einer von Roscoes winzigen Pfoten, die auf der Armlehne des Rollstuhls lag. »Ich verstehe nicht, warum du so tust, als ginge es dir schlechter, als es tatsächlich der Fall ist.«

»Ich habe viel wiedergutzumachen, Ed - du warst beim Militär, du verstehst das.«

»Ich verstehe die Schuld,« - *Gott, das tat er* - »aber warum der Stuhl?«

»Das ist meine Buße.«

»Wie soll das Sitzen im Rollstuhl rückgängig machen, was auch immer du im Krieg getan hast? Selbst wenn du jemand anderen zum Krüppel gemacht hast-«

»Manche Dinge müssen um der Seele willen getan werden.« Donalds Kiefer zitterte, und er senkte seine Stimme zu einem Flüstern. »Und Marius hat bekommen, was er verdient hat.«

*Jesus Christus, er hat es wirklich getan.* Der Mann hatte es irgendwie geschafft, drei Meilen zum Elektrogeschäft zu kommen, war auf das Dach des Nachbargebäudes geklettert, hatte gewartet, bis Brown herauskam, und ihm eine Kugel ins Herz gejagt? Hatte ihn jemand gefahren, oder hatte er das alles alleine durchgezogen? Was zum Teufel ging hier vor? Donald öffnete seinen Mund erneut, als wolle er sprechen, aber Petrosky hob seine Hand - *stopp*. »Sag nichts mehr ohne einen Anwalt.« Wenn Brown Petroskys Tochter getötet hätte, hätte er ihn auch erschossen - verdammt, er wäre auf Händen und Knien drei Stockwerke hochgekrochen, um es zu tun. Vielleicht würde Petrosky der Polizei gar nichts sagen, sondern den alten Mann einfach in Frieden sterben lassen. Donald würde es nicht einmal bis zum Ende des Prozesses schaffen, bevor er den Löffel abgab.

Petrosky fuhr sich mit der Hand über sein unrasiertes Gesicht, fühlte sich zehn Jahre älter, und folgte Donalds Blick zum Kruzifix. Jesus starrte anklagend, als hätte Petrosky selbst ihn ans Holz genagelt. Marius hatte Heather getötet, vielleicht ein Drogendeal, oder einfach nur Wahnsinn. Und Donald hatte den Mann getötet, der seine Tochter ermordet hatte. Aber etwas anderes störte Petrosky.

»Woher wusstest du, dass Marius Heather getötet hat?« Die Polizei hatte es erst gestern herausgefunden, und das auch nur, weil Petrosky ihnen eine Identifizierung gegeben hatte - sie hatten es definitiv noch nicht öffentlich gemacht.

»Glücklicher Zufall.«

»Du hast einen Mann aufgrund einer Vermutung getötet?« Hatte Donald einen Insider im Revier? Die Haare in seinem Nacken stellten sich auf.

»Ich hab ihn beim Bingo gefragt - da hattest du recht. Und er hat es zugegeben.«

Das klang nicht wahr - *Woher hätte er wissen sollen, dass er Marius überhaupt fragen sollte?* - aber es war möglich. »Weißt du, wer der andere Mann im Auto war? Der Mann, der meinen Partner erschossen hat?« Donald hatte Marius vielleicht hinterher getötet, aber er hatte nicht dagesessen und zugesehen, wie Marius sein einziges Kind ermordete.

Donald schüttelte den Kopf. Petroskys Blick fiel auf die Box auf dem Tisch, Donalds Medaille umgeben von Glaswänden, zusammen mit einem gerahmten Schnappschuss: Donald kniend, ein Scharfschützengewehr auf seiner Schulter nach seiner letzten Solo-Mission.

Der einsame Wolf.

Donald sah, dass er hinsah, und schnaubte einmal hart. »Es tut mir nicht leid, Ed. Marius-«

»Du musst einen Anwalt anrufen, Don.«

»Jetzt hat die Seele dieses Jungen eine Chance, in den Himmel zu kommen. Du weißt, es ist leichter reinzukommen, wenn jemand anders dich erledigt. Deine Sünden sind vergeben - das ist automatisch.«

Petrosky wandte seinen Blick von der Glasbox ab, die Farben um ihn herum verblassten zu Grau. Das klang sicher nicht wie irgendeine Predigt, die er je gehört hatte.

»Du denkst, Marius kommt jetzt in den Himmel, weil du ihn getötet hast? Nachdem er deine Tochter ermordet hat?«

Donalds Augen waren immer noch auf seine Medaille fixiert. »Darüber haben wir im Dschungel die ganze Zeit geredet. Wie wir diesen Bastarden halfen, ihr ewiges Leiden zu erleichtern - wir waren Helden.«

Petrosky würde nicht rechtfertigen, was er während des Krieges getan hatte. Er konnte es nicht. Aber Donald hatte einen Grund für jedes Leben gebraucht, das er genommen hatte, eine Entschuldigung - also hatte er eine erschaffen: *Um der Seele willen.*

Um der Seele willen... Der Raum erhitzte sich, als etwas Entscheidendes in Petroskys Gehirn einrastete. Norman hatte gesagt, er hätte keine Beichte zu Heathers Mord gehört; er hatte eine andere Beichte gehört, etwas Großes, etwas Gefährliches. Petrosky hatte gedacht, Norman spräche über Marius Browns Mord, aber nein - Norman war schockiert gewesen. Der Priester hatte nicht gewusst, dass Brown tot war, bis Petrosky es ihm erzählte.

Der Raum drehte sich, das Sonnenlicht war plötzlich so hell, dass er kaum die Details von Donalds Gesicht ausmachen konnte, nur die Silhouette eines alten Mannes, der immer noch auf die Schachtel auf dem Tisch starrte, auf das Bild der Waffe, die ihn zum »Helden« gemacht hatte. Wenn das mit Heather zu tun hatte, mit Donald, wenn dieses Geheimnis, das Norman kannte, der Grund war, warum der Priester sie im Auge behielt... Hatte Norman Heather beobachtet, weil er wusste, dass Donald instabil war? Bei all diesem Seelenscheiß würde das Sinn ergeben. Aber Norman hatte etwas davon gesagt, dass vergangene Übertretungen »einmalig« seien, nur ein Fehler. Das passte nicht zu dem, was Donald im Dschungel getan hatte. Hatte Donald jemand anderen verletzt? Wenn er von seiner Frau und dem Priester gewusst hätte, allerdings...

In Donalds Welt war Untreue ganz sicher eine Sünde.

Die Geschichte war, dass Nancy gewartet hatte, bis Heather zur Schule gegangen war, dann hatte sie sich ins Bett gelegt und eine von Donalds Handfeuerwaffen an ihre Schläfe gesetzt. Aber was, wenn sie nicht diejenige gewesen war, die den Abzug betätigt hatte?

»Hast du deine Frau getötet, Donald?« *Um ihrer Seele willen?*

Donalds Blick war hart geworden. Er starrte, ohne zu blinzeln, aber er leugnete es nicht. Hitze blühte in Petroskys Brust auf und raste seine Arme hinunter zu seinen Händen, ballte seine Fäuste.

*Um der Seele willen.* Die Zeile kreiste in seinem Kopf - was hatte Donald gesagt, nachdem sie Heathers Asche abgeholt hatten? Dass Heather nicht das getan hatte, was sie für ihre Seele hätte tun sollen, dass er... alles für sie getan hatte, was er konnte. »Hast du... hast du auch Heather getötet?« Seine Stimme zitterte. »Ihr Leiden erleichtert, indem du ihr deine Oxy-Pillen gegeben hast, bevor du ihren Schädel zertrümmert hast?« Aber warum? Welche monströse Sünde glaubte Donald, hatte Heather begangen?

Donalds Hände verkrampften sich in seinem Schoß, und der winzige Hund sprang jaulend auf die Füße, aber Donald packte das Bein des Welpen, bevor er auf den Boden springen konnte. Der Hund winselte und leckte frenetisch Donalds Finger, als könnte seine Liebe den Mann dazu bringen, ihn loszulassen. Aber dieser Mann wusste nichts über Liebe. Und Donalds Hände zitterten nicht mehr - überhaupt nicht.

*Er hat sie getötet.* Warum zum Teufel hatte er sie getötet? »Du hast Heather so lange in deiner Nähe geduldet, wie sie sich um dich gekümmert hat, solange deine Rechnungen bezahlt wurden, aber als du herausgefunden hast, dass sie dich verlassen wollte« - *für mich* - »hast du beschlossen zu -«

»Das Geld ist mir egal. Ich werde tot und begraben sein, bevor die Zwangsvollstreckung abgeschlossen ist«, spuckte Donald aus. »Ich habe mein ganzes Leben lang versucht, das Richtige zu tun. Ich habe gebüßt, gebeichtet, mein Geld der Kirche gegeben. Aber Gott warf immer wieder Dinge auf mich. Zuerst war es meine Frau, die mich mit diesem... diesem... *falschen Propheten* betrog.«

Er hatte es von Anfang an gewusst, von dem Priester gewusst, von dem Geld. Und nachdem sie umgezogen waren, hatte er Heather gesagt, er sei krank, sich in diesen Rollstuhl gesetzt, und er war nie wieder aufgestanden. Sogar Pater Norman dachte, er sei krank; deshalb zeigte er Donald jetzt nicht an. Er dachte, der Mann würde sterben und sei kein Risiko mehr - nur ein Schaf. Aber Donald war schon immer ein Wolf gewesen. »Warst du jemals krank?«

»Der Geist kann so zerrüttet sein wie der Körper.« Er blickte nach unten. »Aber ja, ich bin jetzt kränker - Krebs, nicht dass ich ihn behandeln lasse. Damals habe ich mich in diesen Stuhl gesetzt, um Heather zu zeigen, was es heißt, sich zu demütigen. Ihre Mutter wurde schwanger, weil sie mit Leuten sprach, mit denen sie nicht hätte sprechen sollen - wenn sie nicht mit den anderen Huren gesprochen hätte, wäre sie vielleicht auf dem rechten Weg geblieben. Schweigen hätte Heather vor den Sünden ihrer Mutter bewahren und sie aus Schwierigkeiten heraushalten sollen. Schweigen hätte Heathers Buße sein sollen - Schweigen ist eine Tugend.«

*Schweigen?* Kein Wunder, dass Heather so gut darin

gewesen war, Geheimnisse zu bewahren, warum sie so vorsichtig gewesen war, mit jemandem zu sprechen. Und sie hatte wahrscheinlich gewusst oder zumindest vermutet, dass Donald laufen konnte - sie war ziemlich zuversichtlich gewesen, dass er alleine leben könnte. »Du hast deine eigene Bewegung aufgegeben, indem du dich in diesen Stuhl gesetzt hast, und Heathers Stimme genommen, indem du... was? Sie geschlagen hast, wenn sie zu viel geredet hat?« Oder vielleicht hatte sie gefürchtet, Donald würde sie töten, wie er ihre Mutter getötet hatte. Hatte sie es gewusst?

»Gott mag Gehorsam.«

Petroskys Blut kochte. Hier ging es nicht um Gehorsam, hier ging es um Manipulation - Geheimnisse. Und Heather hatte nicht geschwiegen. Heather *hatte* mit Petrosky gesprochen. Aber sie hatte ihm nicht alles erzählt. Wenn sie es getan hätte, hätte er sie beschützen können.

»Egal was ich tat, ich konnte sie nicht vor ihrer Natur retten.« Der stumpfe Ausdruck in Donalds Blick hellte sich zu etwas auf, das nicht ganz Wut, nicht ganz Schuld war - eine unterdrückte Emotion, tief unter den Lügen verborgen, die er sich selbst erzählte. Und Petrosky hatte jeden verdächtigt, außer den Mann vor ihm. Schuld und Trauer vermischten sich mit dem Hass in seiner Brust. Beim nächsten Mal würde er sicherstellen, dass er diese Schuld dorthin legte, wo sie hingehörte.

»Sag mir, was du ihr angetan hast.« *Spuck's aus, du Drecksack.* Hatte er Brown dafür bezahlt, sie zu töten? War Brown nur der Fahrer gewesen? Petrosky wollte - *brauchte* - jedes Detail zu hören, die Wunden zu spüren, als wären es seine eigenen; er schuldete Heather das, bevor er es für immer abschaltete.

Donald schüttelte den Kopf. »Du verstehst das nicht.

# RETTUNG

Du bist blind, wie dieser *Marius*.« Er schnaubte. »Immer ist er ihr hinterhergelaufen, hat seine Nase in Dinge gesteckt, die ihn nichts angingen.«

Hinterherlaufen... Endlich fielen die Puzzleteile an ihren Platz. Brown war Heather in jener Nacht gefolgt, weil er sie für Pater Norman beobachtet hatte. Petrosky sah Browns stumpfe Augen, seine blutigen Hände, die sich in Zeitlupe bewegten, den Schock. Brown hatte sie nicht getötet, er hatte sie *gefunden*. Ihre gebrochenen Rippen waren nicht, weil jemand auf sie eingetreten hatte, sondern weil Brown versucht hatte, sie wiederzubeleben. Er hatte versucht, eine Herz-Lungen-Wiederbelebung durchzuführen. Und als Brown zum Pickup zurückgekehrt war, hatte er einen maskierten Killer vorgefunden, der mit einer auf seinen Kopf gerichteten Waffe auf ihn wartete. Aber trotzdem...

»Warum hast du Marius nicht in der Nacht getötet, als Heather starb?«

»Ich dachte, er würde vielleicht bereuen.«

»Aber warum hat er dich nicht angezeigt?«

Ein Lächeln umspielte Donalds Lippen, nur das winzigste Grinsen, aber darunter lag eine schreckliche Verrücktheit.

»Er wusste nicht, wer ich war.« *Die Maske.* »Und ich sagte ihm, ich würde seine Mutter töten.«

»Hättest du sie getötet?«

Er zuckte mit den Schultern. »Hurer bekommen, was sie verdienen - sie hat Hoffnung auf Erlösung, aber nicht aus eigener Kraft.«

»Ja, wenn ich ›Erlösung‹ höre, ist das Erste, woran ich denke, immer jemanden mit einer Brechstange zu erschlagen.«

»Heather hatte eine Chance auf Erlösung, sogar mit

ihrer Hure von Mutter«, knurrte er. »Aber sie hat mich auch verraten, ist zu diesem Hurenbock gegangen, hat freiwillig geholfen, wo der falsche Prophet es ihr sagte, und hat mich dann in meinen letzten Tagen hier zurückgelassen, um mit ... dir zu leben.« Er beugte sich näher, mit wilden Augen.

*Sie ist ein gutes Mädchen, ein gutes, gutes Mädchen.* »Was zum Teufel ist los mit dir?«

»Glaubst du, du hättest ihre Seele retten können, Edward? Hättest du sie vor der zweizüngigen Schlampe bewahren können, zu der sie geworden war? Ich konnte nicht sterben in dem Wissen, dass du nicht in der Lage warst, dieses Opfer zu bringen. Du hast sie nicht gesehen, wie sie sich aus dem Haus geschlichen hat, angezogen wie eine Hure – sie mag es nur einmal getan haben, aber sie hat nie bereut, nie einmal um Vergebung gebettelt. Sie war dazu bestimmt, eine Isebel zu werden, genau wie ihre Mutter.«

Einmal rausgeschlichen ... einmal. Weil sie ein Date mit Gene hatte. Und sie hatte solche Angst davor gehabt, dass ihr Vater es herausfinden würde, dass sie Petrosky glauben ließ, sie sei eine Prostituierte – war das nicht schlimmer? Aber sie hatte es nicht zugegeben, es einfach nie bestritten ... überhaupt nichts gesagt, bis er ihr die Handschellen schon abgenommen hatte. Vielleicht war sie einfach vor Angst erstarrt, als Petrosky sie aufgegriffen hatte, zu verängstigt, um ihn zu korrigieren, aus Angst, ihr Vater könnte erfahren, dass sie auch nur *verdächtigt* wurde, auf den Strich zu gehen – nicht dass Donald der Tochter einer Hure geglaubt hätte.

Kein Wunder, dass Heather Donald nichts von ihnen erzählt hatte, bis Petrosky unangemeldet auftauchte – warum sie ausgezogen war, als er sich hatte entschlüpfen lassen, dass sie zusammen waren, obwohl sie nie darüber gesprochen hatten, zusammenzuziehen. Warum sie darauf bestand, mit Donald in der Öffentlichkeit auszugehen, anstatt ihn zu Hause zu besuchen. *Ein Grund mehr, aus dem Haus zu kommen und jeden Tag zu genießen*, flüsterte sie in seinem Kopf. Sie hatte Angst vor Donald gehabt, aber sie hatte gedacht, ihr Vater würde sterben. Sie hatte nie begriffen, dass er vorhatte, sie mitzunehmen.

Roscoe wimmerte, und Petrosky legte seine Hand auf den Griff seiner Waffe. *Ich sollte diesen Drecksack jetzt erschießen.* Nein, er sollte Verstärkung rufen. »Ich nehme an, du denkst, du kannst mich auch retten.« Petrosky trat näher, starrte in Donalds glänzende Augen. Kein Zucken. Kein Zittern.

»Du hast den Rollstuhl besorgt, du hast Heather gesagt, sie soll den Mund halten ... was brauche ich, Donald?«

»Es hat nur ein paar Minuten gedauert, das herauszufinden.«

»Bist du in mein Haus eingebrochen, Donald?«

Der Mann sagte nichts. Dann: »Diese Augen sind deine Bürde, sie sehen immer Dinge, die du nicht sehen musst.« Er senkte seine Stimme zu einem Flüstern, als würde er ein saftiges Geheimnis anvertrauen, und vielleicht dachte er das auch. »Heathers Notizbücher, ihre Gedanken so bloßgelegt ... sie hätte alles über mich schreiben können. *Alles*. Ich konnte nicht alle finden, aber wenn sie auftauchen, wenn du sie liest, wirst du genauso verdammt sein.«

Richtig, verdammt. Diesem Arschloch ging es nur darum zu wissen, ob sie etwas Belastendes über ihn geschrieben hatte. »Also sollte ich mir die Augen ausstechen, oder was? Weil allein die Aussicht, ihre Worte zu sehen, eine so schreckliche Sünde ist?«

»Nur wenn du Erlösung willst.«

Der Mann war von Sinnen. Vielleicht war er normal in den Dschungel gegangen, aber als Wahnsinniger zurückgekommen.

*Was willst du sein, Junge?*
*Bei Verstand, Sir. Nicht wie dieser Idiot.*

»Heather brauchte keine Rettung«, knurrte Petrosky. »Du hast dein Kind auf dem Altar deiner eigenen Unsicherheit und irgendeiner bescheuerten Vorstellung von Erlösung geopfert – aber der Einzige, der Rettung braucht, bist du.« Er legte seine Hand an seinen Gürtel. »Jetzt bring deinen verkrüppelten Arsch hier rüber, bevor ich auf deine kostbare Medaille pisse.«

Alles geschah schnell, in hellen Blitzen von Farbe und Bewegung. Donalds Blick huschte zur Medaille und zurück, als Petrosky seinen Gürtel lockerte. Dann stürzte Donald los, flog aus dem Stuhl, als wären Federn im Sitz, kratzend und spuckend, Roscoe purzelte zu Boden und huschte weg, als Petrosky seinen Gürtel fallen ließ und dem Mann auswich. Donald krachte gegen den Tisch. Die Glasbox zerschellte in tausend glitzernde Stücke auf dem Boden. Donald heulte auf, Speichel klebte an seinen Lippen, seine Augen loderten vor Wut, aber ein bisschen Laufbandgehen konnte nicht mit dem ganztägigen Stehen mithalten – Petrosky steckte ein Bein zwischen Donalds Knöchel, trat wieder zur Seite und sah zu, wie er auf Händen und Knien zu Boden ging. Dann versetzte er Donald einen Tritt in die Rippen und drückte sein Knie hart gegen den Rücken des Mannes, spürte, wie Donalds Arme nachgaben, als sein Bauch mit einem *Uff* auf das Holz traf.

Petrosky griff nach seiner Waffe, spürte den kühlen Kuss des Metalls, sah Heathers Gesicht vor seinem geistigen Auge, das winzige Zucken ihrer Lippen, als sie flüsterte: *Erschieß ihn.*

*Ich kann nicht.*

Manche Dinge konnte man nicht rechtfertigen, nicht wenn es einen besseren Weg gab. Stattdessen zog er seine Handschellen heraus, drückte sein Knie härter in Donalds Rücken und hörte, wie der Mann in den Holzboden stöhnte, während er das Metall um Donalds Handgelenke klicken ließ. Es hatte mit Handschellenstahl begonnen, das erste Armband, das er Heather geschenkt hatte. Es sollte auch mit Handschellen enden.

Von der Wand über ihnen beobachtete sie Jesus, und Petrosky starrte zurück auf das Kruzifix. *Tut Buße, ihr Sünder.* Die Heuchelei sickerte in seine Knochen. Sie waren alle nur Menschen: Priester, Eltern, Soldaten, seine eigenen Brüder in Blau, alle auf ihre eigene Art fehlerhaft, manche kränker als andere. Sogar Pater Norman hatte seine eigene Tochter bei einem Mörder gelassen, um seinen Ruf zu schützen. Es gab so etwas wie Erlösung nicht; dieses Leben war das einzige, das man bekam, und wenn man es hier vermasselte, bekam man keine zweite Chance.

Niemand würde kommen und dich retten – genauso wie niemand von der Truppe ihm geholfen hatte, diesen Fall zu lösen. Von jetzt an würde Petrosky die Dinge auf seine Art machen, und scheiß auf jeden, dem das nicht passte. Er würde es für Heather tun. Für all die Vergessenen, die Frauen, denen aufgrund beschissener Umstände oder irgendeines Wahnsinnigen, der sie zum Schweigen bringen wollte, eine Stimme geraubt wurde – die Frauen, die vergeblich starben, ignoriert und allein, in eine Schublade geschoben mit den anderen ungeklärten Fällen, weil irgendein Arschloch von Detektiv dachte, sie wären unwichtig.

Petrosky setzte seinen Fuß mitten auf Donalds Rücken und zog seine Schachtel Zigaretten heraus. Und als der Rauch sich um seine Nasenlöcher kräuselte und den Rest der Welt vernebelte, fühlte sich sein Verstand klarer an als seit Jahren.

*Was willst du sein, Junge?*

*Ein Detektiv, Sir.* Petrosky lächelte.

*Ein Detektiv.*

# EPILOG
## VIER MONATE SPÄTER

Hyazinthen und Apfelblüten versüßten die Luft, als Petrosky durch eine malerische Nachbarschaft mit kleinen Häusern und ordentlich geschnittenem Rasen fuhr, dazwischen ein paar zugenagelte Gebäude. Aber die Bäume an dieser Straße machten jede verlassene Struktur wett; rosa und weiße Blüten explodierten über ihm. Der Frühling war dieses Jahr spät gekommen, aber das war in Ordnung. Petrosky hatte sich in letzter Zeit nicht besonders »frühlingshaft« gefühlt. Es erschien fast falsch, dass die Jahreszeiten sich änderten - als ob auch das Wetter versuchte, den Schrecken dieses Winters hinter sich zu lassen, versuchte, Heathers Namen aus seinem Kopf zu vertreiben. Versuchte, ihr zuckendes Lächeln mit goldenem Sonnenschein zu verbannen.

Er verlangsamte, seine Reifen knirschten auf dem Kalkstein, als er in eine Einfahrt einbog und unter einem riesigen Kirschbaum parkte. Die Süße der Blüten hing dick in der Luft; alles roch mehr nach Blüten und weniger nach Blut dieser Tage. Seine Erinnerungen an Heather waren noch nicht verschwunden, aber er war seit Wochen nicht mehr mit blutigen Bildern aufgewacht, und ihr Geruch, der Klang ihrer Stimme... diese Dinge waren auch geschmolzen, zusammen mit dem Schnee. Er versuchte, sich nicht schuldig zu fühlen, sagte sich, dass er sich auch nicht an Joeys Stimme erinnern konnte - an manchen Tagen brauchte er mehrere Minuten, um sich an den Namen seines toten Kameraden zu erinnern. Das würde sicher auch mit Heather passieren, wie bei jeder anderen schmerzhaften Erinnerung - irgendwann würde er sie vergessen. Vorerst ließ ihn das Vergessen selbst kleiner Teile von Heather das Herz schmerzen... manchmal. An den meisten Tagen dachte er einfach nicht darüber nach. Konnte nicht darüber nachdenken. Nicht, wenn er über der Dunkelheit bleiben wollte.

Aber er dachte an Donald. Und irgendwie linderte das den Schmerz über den Verlust von Heather, nur ein wenig, genug, um das Atmen leichter zu machen. Donald hatte nicht über den Krebs gelogen, der an seiner Bauchspeicheldrüse und wahrscheinlich inzwischen am Rest von ihm fraß. Und es gab keine Möglichkeit, dass der Mann jemals wieder die Außenseite des Gefängnisses sehen würde. Das Gewehr auf Dons Dachboden hatte mit der Kugel übereingestimmt, die aus Marius Browns Brust gezogen worden war, und die Pistole in Donalds Nachttisch, dieselbe, die benutzt wurde, um seine Frau zu töten, hatte auch die Kugel abgefeuert, die Patrick verletzt hatte. Ob sie ihn nun wegen Heathers Mord verurteilen konnten oder nicht, er würde in einer Zelle sterben. Allein.

Zumindest hatte Roscoe ein neues Zuhause - ein viel besseres.

Petrosky griff nach der Türklingel, und Roscoes Jip-Jip-Jippen ertönte von drinnen. Der Knauf drehte sich. Die Tür schwang nach innen.

Linda lächelte ihn an, ihre haselnussbraunen Augen kräuselten sich an den Ecken, als Roscoe auf die Veranda sprang und seine winzigen Vorderpfoten auf Petroskys Schienbein legte, den Schwanz so heftig wedelnd, dass sein ganzer Körper wackelte. Petrosky hatte den Hund nicht selbst nehmen wollen, konnte es einfach nicht tun, aber Linda... sie hatte eingesprungen. Ihm mehr geholfen als jeder andere. Linda wusste, was es bedeutete zu trauern - sie war mit einem Feuerwehrmann zusammen gewesen, der bei einer Brandstiftungsuntersuchung getötet wurde. Und sie hatte sich davon erholt.

Das gab ihm Hoffnung.

Petrosky kniete sich hin und kratzte hinter Roscoes Ohren, und der Hund leckte seine Hand so hektisch, dass er von Petroskys Bein fiel und auf der Seite landete, dann wieder auf die Füße sprang. Der kleine Hund war jetzt viel lebhafter als er es in Donalds Obhut gewesen war, und Petrosky musste sich fragen, ob Heathers Vater den kleinen Welpen betäubt hatte, um ihn ruhig zu halten - sogar sein Haustier zwang, seine verdrehte, selbst auferlegte Unbeweglichkeit zu akzeptieren.

»Was zum Teufel fütterst du ihm?« Petrosky schaute auf, und Linda lehnte sich gegen den Türrahmen und lachte.

»Oh, weißt du. Ein bisschen dies...« Sie zuckte mit den Schultern und deutete auf das Haus. »Apropos... willst du einen Kaffee?«

»Du weißt, ich lehne nie guten Kaffee ab.« Er stand auf. Er hatte viel mehr Kaffee - und viel weniger Alkohol - getrunken, seit der Chef ihm mehr Verantwortung übertragen hatte. Er hatte seit einem Monat keinen Whiskey angerührt, obwohl er mit seinem Partner auf ein Guinness ausgegangen war. Er war noch kein Detektiv, aber er war auf dem besten Weg dorthin - Donald festzunehmen hatte seiner Glaubwürdigkeit geholfen. Die Prüfungen zu bestehen hatte mehr geholfen. Sogar Patrick hatte ein gutes Wort eingelegt und Petrosky dann gesagt, er solle nicht nachlassen, weil es Zeit sei, dass er selbst wachse, egal wie groß sein Vater war - oder so ein Scheiß. Aber die Empfehlung des Iren hatte geholfen; es stellte sich heraus, dass es seine Vorteile hatte, mit den oberen Rängen befreundet zu sein.

Aber Petrosky würde die Freundlichkeit dem alten Paddy überlassen.

Linda lächelte ihn immer noch an. »Ich kann nicht garantieren, dass der Kaffee gut ist, aber er ist heiß.«

»Solange es kein entkoffeinierter ist.«

»Als ob das überhaupt Kaffee wäre.« Sie rollte mit den Augen und ging in Richtung Flur, drehte sich aber noch einmal um. »Übrigens danke für den Kalkstein.« Ihr Blick wurde weicher. »Hat die Löcher in der Einfahrt wirklich beseitigt.«

»Oh ja, kein Problem. Ich war es langsam leid, mir fast jedes Mal das Bein zu brechen, wenn ich kam, um den Hund zu streicheln, also...«

»Ja... das kann ich mir vorstellen.«

Kalkstein war kein lila Mantel oder auch nur ein gelber, aber es war etwas. Etwas Gutes.

Ein Rascheln ertönte über ihm, und er hob sein Gesicht zu den Ästen des Kirschbaums. Ein kleiner Vogel - eine graue Taube - saß mit flatternden Flügeln auf einem der unteren Zweige. Sie gurrte ihn an.

»Alles in Ordnung?« Linda sah ihn an, den Kopf schief gelegt.

*Was willst du sein, Junge?*

*Glücklich, Sir. Glücklich.*

# RETTUNG

»Ja. Mir geht's gut.« Er lächelte und folgte Linda und Roscoe hinein.

***Ausgehungert* ist das 2. Buch in der Ash Park Reihe.**

## AUSGEHUNGERT
## KAPITEL 1

**Sonntag, 6. Dezember**

*Konzentrier dich, oder sie ist tot.*

Petrosky knirschte mit den Zähnen, aber es hielt die Panik nicht davon ab, heiß und hektisch in ihm aufzuwallen. Nach der Verhaftung letzte Woche hätte dieses Verbrechen verdammt nochmal unmöglich sein sollen.

Er wünschte, es wäre ein Nachahmer. Er wusste, dass es keiner war.

Wut schnürte ihm die Brust zu, als er die Leiche untersuchte, die mitten im riesigen Wohnzimmer lag. Dominic Harwicks Eingeweide ergossen sich auf den weißen Marmorboden, als hätte jemand versucht, mit ihnen davonzulaufen. Seine Augen waren weit geöffnet, an den Rändern bereits milchig, also war es schon eine Weile her, seit jemand seinen armseligen Arsch ausgeweidet und ihn in einen Lumpenpuppen in einem Dreitausend-Dollar-Anzug verwandelt hatte.

*Dieser reiche Mistkerl hätte sie beschützen sollen.*

Petrosky blickte auf das Sofa: luxuriös, leer, kalt. Letzte Woche hatte Hannah auf diesem Sofa gesessen und ihn mit großen grünen Augen angesehen, die sie älter als ihre dreiundzwanzig Jahre erscheinen ließen. Sie war glücklich gewesen, so wie Julie es gewesen war, bevor sie ihm entrissen wurde. Er stellte sich Hannah vor, wie sie mit acht Jahren hätte sein können, Rock wirbelnd, dunkles Haar fliegend, Gesicht von der Sonne gerötet, wie auf einem der Fotos von Julie, die er in seiner Brieftasche aufbewahrte.

Sie fingen alle so unschuldig an, so rein, so... *verletzlich.*

Der Gedanke, dass Hannah der Katalysator für den Tod von acht anderen war, der Eckpfeiler im Plan irgendeines Serienmörders, war ihm bei ihrer ersten Begegnung nicht in den Sinn gekommen. Aber später schon. Jetzt tat er es.

Petrosky widerstand dem Drang, gegen den Körper zu treten, und konzentrierte sich wieder auf das Sofa. Karmesinrot gerann entlang des weißen Leders, als würde es Hannahs Abgang markieren.

Er fragte sich, ob es ihr Blut war.

Das Klicken eines Türknaufs erregte Petroskys Aufmerksamkeit. Er drehte sich um und sah Bryant Graves, den leitenden FBI-Agenten, durch die Garagentür den Raum betreten, gefolgt von vier weiteren Agenten. Petrosky versuchte, nicht darüber nachzudenken, was sich in der Garage befinden könnte. Stattdessen beobachtete er, wie die vier Männer das Wohnzimmer aus verschiedenen Blickwinkeln inspizierten, ihre Bewegungen fast choreografiert.

»Verdammt, wird jeder umgelegt, den dieses Mädchen kennt?«, fragte einer der Agenten.

»So ziemlich«, sagte ein anderer.

Ein Agent in Zivil bückte sich, um ein Stück Kopfhaut auf dem Boden zu untersuchen. Weißlich-blondes Haar winkte tentakelartig von der toten Haut und lockte Petrosky, es zu berühren.

»Kennen Sie diesen Typen?«, fragte einer von Graves' Kumpanen von der Tür aus.

»Dominic Harwick.« Petrosky spuckte den Namen des Mistkerls fast aus.

»Keine Anzeichen für ein gewaltsames Eindringen, also kannte einer von ihnen den Mörder«, sagte Graves.

»*Sie* kannte den Mörder«, sagte Petrosky. »Besessenheit entwickelt sich über Zeit. Dieses Maß an Besessenheit deutet darauf hin, dass es wahrscheinlich jemand war, den sie gut kannte.«

*Aber wer?*

Petrosky wandte sich wieder dem Boden vor ihm zu, wo Worte in Blut geschrieben im Morgenlicht ekelhaft braun getrocknet waren.

*Immer treibend den Strom hinab-*
*Verweilend im goldenen Schimmer-*
*Leben, was ist es anderes als ein Traum?*

Petroskys Magen verkrampfte sich. Er zwang sich, Graves anzusehen. »Und, Han-« *Hannah.* Ihr Name blieb ihm im Hals stecken, scharf wie eine Rasierklinge. »Das Mädchen?«

»Es gibt blutige Schleifspuren, die zur hinteren Dusche führen, und einen Haufen blutiger Kleidung«, sagte Graves. »Er muss sie gesäubert haben, bevor er sie mitnahm.

Die Techniker sind jetzt dran, aber sie arbeiten zuerst am Randbereich.« Graves beugte sich vor und hob mit einem Bleistift den Rand der Kopfhaut an, aber sie war mit getrocknetem Blut am Boden festgesaugt.

»Haare? Das ist neu«, sagte eine andere Stimme. Petrosky machte sich nicht die Mühe herauszufinden, wer gesprochen hatte. Er starrte auf die kupferfarbenen Flecken am Boden, seine Muskeln zuckten vor Anspannung. Jemand könnte sie gerade in Stücke reißen, während die Agenten den Raum absperrten. Wie lange hatte sie noch? Er wollte losrennen, sie finden, aber er hatte keine Ahnung, wo er suchen sollte.

»Tüten Sie es ein«, sagte Graves zu dem Agenten, der die Kopfhaut untersuchte, dann wandte er sich an Petrosky. »Es war von Anfang an alles verbunden. Entweder war Hannah Montgomery die ganze Zeit sein Ziel, oder sie ist nur ein weiteres zufälliges Opfer. Ich denke, die Tatsache, dass sie nicht wie die anderen auf dem Boden filetiert ist, deutet darauf hin, dass sie das Ziel war, nicht ein Extra.«

»Er hat etwas Besonderes mit ihr vor«, flüsterte Petrosky. Er senkte den Kopf und hoffte, dass es nicht schon zu spät war.

Wenn es das war, wäre es alles seine Schuld.

## Finde *Ausgehungert* Hier:
## https://meghanoflynn.com

**Um sich selbst zu retten, muss sie sich einem der brutalsten Serienmörder der Welt stellen. Sie nennt ihn einfach *Dad*.**
„Eine nervenaufreibende Achterbahnfahrt. O'Flynn ist ein Meister der Erzählkunst." (USA Today-Bestsellerautor Paul Austin Ardoin): Als Poppy Pratt mit ihrem

Serienmörder-Vater eine Reise in die Berge von Tennessee unternimmt, ist sie einfach nur froh, der täglichen Farce zu entkommen – doch nach einer Reihe unglücklicher Ereignisse landen sie im abgelegenen Heim eines Paares und entdeckt, dass sie ihrem tödlichen Vater viel ähnlicher sind, als sie dachte ... Perfekt für Fans von Gillian Flynn.

***Wicked Sharp* ist das 1. Buch in der Geboren Bösartig Reihe.**

**Wicked Sharp
KAPITEL 1**

## POPPY, JETZT

Ich habe eine Zeichnung, die ich in einem alten Puppenhaus aufbewahre – na ja, eigentlich ein Haus für Feen. Mein Vater bestand immer auf das Fantasievolle, wenn auch in kleinen Mengen. Es sind solche kleinen Schrullen, die einen für andere Menschen real machen. Die einen sicher erscheinen lassen. Jeder hat irgendwas Verrücktes, an dem er in Stresssituationen festhält, sei es das Hören eines Lieblingslieds, das Kuscheln in eine gemütliche Decke oder das Reden mit dem Himmel, als ob er antworten könnte. Ich hatte die Feen.

Und dieses kleine Feenhaus, jetzt geschwärzt von Ruß und Flammen, ist so gut wie jeder andere Ort, um die Dinge aufzubewahren, die eigentlich weg sein sollten. Ich habe mir die Zeichnung seit dem Tag, an dem ich sie mit nach Hause brachte, nicht mehr angesehen, kann mich nicht einmal daran erinnern, sie gestohlen zu haben, aber ich kann jede zackige Linie auswendig beschreiben.

Die groben schwarzen Striche, die die Arme der Strichfigur bilden, die Stelle, an der das Blatt zerrissen ist, wo die Kritzellinien aufeinandertreffen – zerfetzt durch den Druck der Wachsmalstiftspitze. Die Traurigkeit der kleinsten Figur. Das grauenhafte, monströse Lächeln des Vaters, genau in der Mitte der Seite.

Rückblickend hätte es eine Warnung sein sollen – ich hätte es wissen müssen, ich hätte weglaufen sollen. Das Kind, das es gezeichnet hatte, war nicht mehr da, um mir zu erzählen, was passiert war, als ich in dieses Haus stolperte. Der Junge wusste zu viel; das war offensichtlich aus dem Bild.

Kinder haben eine Art, Dinge zu wissen, die Erwachsene nicht wissen – einen geschärften Selbsterhaltungstrieb, den wir mit der Zeit langsam verlieren, während wir uns einreden, dass das Kribbeln in unserem Nacken nichts zu bedeuten hat. Kinder sind zu verletzlich, um nicht von Emotionen beherrscht zu werden – sie sind von Natur aus darauf programmiert, Bedrohungen mit messerscharfer Präzision zu erkennen. Leider haben sie nur begrenzte Möglichkeiten, die Gefahren zu beschreiben, die sie entdecken. Sie können nicht erklären, warum ihr Lehrer gruselig ist oder was sie dazu bringt, ins Haus zu flüchten, wenn sie sehen, wie der Nachbar hinter den Jalousien hervorlugt. Sie weinen. Sie machen sich in die Hose.

Sie malen Bilder von Monstern unter dem Bett, um zu verarbeiten, was sie nicht in Worte fassen können.

Glücklicherweise finden die meisten Kinder nie heraus, dass die Monster unter ihrem Bett echt sind.

Ich hatte diesen Luxus nie. Aber selbst als Kind tröstete es mich, dass mein Vater ein größeres, stärkeres Monster war als alles, was draußen sein konnte. Er würde mich beschützen. Ich wusste das so sicher, wie andere Menschen wissen, dass der Himmel blau ist oder dass ihr rassistischer Onkel Earl das Thanksgiving versauen wird. Monster hin oder her, er war meine Welt. Und ich vergötterte ihn auf eine Weise, wie es nur eine Tochter kann.

Ich weiß, es klingt seltsam – einen Mann zu lieben, auch wenn man die Schrecken sieht, die unter der Oberfläche lauern. Meine Therapeutin sagt, das sei normal, aber sie neigt dazu, die Dinge zu beschönigen. Oder vielleicht ist sie so gut im positiven Denken, dass sie für echtes Böses blind geworden ist.

Ich bin mir nicht sicher, was sie über die Zeichnung im Feenhaus sagen würde. Ich weiß nicht, was sie von mir denken würde, wenn ich ihr erzählen würde, dass ich verstanden habe, warum mein Vater tat, was er tat, nicht weil ich es für gerechtfertigt hielt, sondern weil ich ihn verstand. Ich bin Expertin, wenn es um die Motivation der Kreaturen unter dem Bett geht.

Und ich schätze, deshalb lebe ich dort, wo ich lebe, versteckt in der Wildnis von New Hampshire, als könnte ich jedes Stück der Vergangenheit jenseits der Grundstücksgrenze halten als könnte ein Zaun das lauernde Dunkel davon abhalten, durch die Risse zu kriechen. Und es gibt immer Risse, egal wie sehr du versuchst, sie zu stopfen. Menschlichkeit ist ein gefährlicher Zustand, voller selbst zugefügter Qualen und psychologischer Verwundbarkeiten, die Was-wäre-wenns und Vielleichts, die nur von papierdünner Haut zurückgehalten werden, von der jeder Zentimeter weich genug ist, um durchstochen zu werden, wenn deine Klinge scharf genug ist.

Ich wusste das natürlich schon, bevor ich das Bild fand, aber irgendetwas in diesen zackigen Wachsmalstiftlinien brachte es nach Hause oder grub es ein bisschen tiefer ein. Etwas veränderte sich in dieser Woche in den Bergen. Etwas Grundlegendes, vielleicht der erste Schimmer der Gewissheit, dass ich eines Tages einen Fluchtplan brauchen würde. Aber obwohl ich gerne denke, dass ich von Anfang an versuchte, mich selbst zu retten, ist es schwer, das durch den Nebel der Erinnerung zu erkennen. Es gibt immer Löcher. Risse.

Ich verbringe nicht viel Zeit mit Erinnerungen; ich bin nicht besonders nostalgisch. Ich denke, ich habe diesen kleinen Teil von mir zuerst verloren. Aber ich werde nie vergessen, wie der Himmel vor Elektrizität brodelte, den grünlichen Schimmer, der sich durch die Wolken zog und sich in meine Kehle und Lungen zu schlängeln schien. Ich kann die Vibration in der Luft spüren, als die Vögel mit hektisch schlagenden Flügeln aufstiegen. Der Geruch von feuchter Erde und verrottendem Kiefernholz wird mich nie verlassen.

Ja, es war der Sturm, der es unvergesslich machte; es waren die Berge.

Es war die Frau.

Es war das Blut.

**Finde *Wicked Sharp* Hier:**
**https://meghanoflynn.com**

*Als ein Kind tot im Wald aufgefunden wird, angeblich von einem Hund zerfleischt, ist der ste llvertretende Sheriff William Shannahan überzeugt, dass der Täter ein Mensch war. Um den Fall zu lösen, muss er sich an seine Freundin Cassie Parker wenden, die mehr zu wissen scheint, als sie preisgibt ...* Schattensitz *ist ein fesselnder Thriller im Stil von Gillian Flynn, Carolyn Arnold und Karin Slaughter – eine packende Erkundung von Obsession, Verzweiflung und den Grenzen, die wir überschreiten, um diejenigen zu schützen, die wir lieben.*

## SCHATTENSITZ
## KAPITEL 1

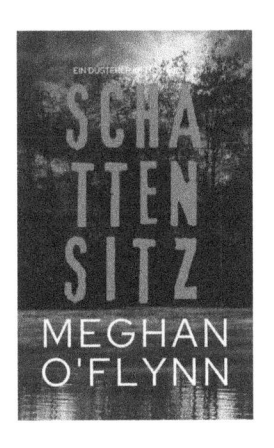

Für William Shannahan war sechs Uhr dreißig am Dienstag, dem dritten August, »der Moment«. Das Leben sei voller solcher Momente, hatte seine Mutter ihm immer gesagt, Erfahrungen, die einen daran hinderten, zu dem zurückzukehren, der man vorher war, winzige Entscheidungen, die einen für immer veränderten.

Und an jenem Morgen kam und ging der Moment, obwohl er ihn nicht erkannte, noch hätte er sich jemals gewünscht, sich an diesen Morgen zu erinnern, solange er lebte. Aber er würde ihn von diesem Tag an nie wieder vergessen können.

Er verließ sein Farmhaus in Mississippi kurz nach sechs, gekleidet in Laufshorts und ein altes T-Shirt, das noch immer sonnig gelbe Farbspritzer von der Dekoration des Kinderzimmers auf der Vorderseite hatte. *Das Kind.* William hatte ihn Brett genannt, aber er hatte es nie jemandem erzählt. Für alle anderen war das Baby einfach dieses-Ding-das-man-nie-erwähnen-durfte, besonders seit William auch seine Frau im Bartlett General verloren hatte.

Seine grünen Nikes schlugen gegen den Kies, ein stumpfes Metronom, als er die Veranda verließ und den Weg parallel zum Oval einschlug, wie die Dorfbewohner die fast hundert Quadratkilometer Wald nannten, die zu sumpfigem Ödland geworden waren, als der Autobahnbau die Bäche flussabwärts aufgestaut hatte. Bevor William geboren wurde, hatten die etwa fünfzig unglücklichen Leute, die Grundstücke innerhalb des Ovals besaßen, eine Entschädigung von den Entwicklern erhalten, als ihre Häuser überflutet und für unbewohnbar erklärt wurden. Jetzt waren diese Häuser Teil einer Geisterstadt, weit außerhalb der Reichweite neugieriger Blicke.

Williams Mutter hatte es eine Schande genannt. William dachte, es könnte der Preis des Fortschritts sein, obwohl er es nie gewagt hatte, ihr das zu sagen. Er hatte ihr auch nie erzählt, dass seine liebste Erinnerung an das Oval war, als sein bester Freund Mike Kevin Pultzer verprügelt hatte, weil dieser William ins Auge geschlagen hatte. Das war, bevor Mike Sheriff wurde, als sie alle noch einfach »wir« oder »die« waren, und William war immer einer von »denen« gewesen, außer wenn Mike in der Nähe war. Er mochte irgendwo anders hineinpassen, an einem anderen

Ort, wo der Rest der dorkigen Spinner lebte, aber hier in Graybel war er einfach ein bisschen... seltsam. Na ja. Die Leute in dieser Stadt tratschten sowieso zu viel, um ihnen als Freunde zu vertrauen.

William schnupperte an der sumpfigen Luft, das kurzgeschorene Gras saugte an seinen Turnschuhen, als er sein Tempo erhöhte. Irgendwo in seiner Nähe kreischte ein Vogel, scharf und hoch. Er erschrak, als er mit einem weiteren verärgerten Schrei über ihm aufflog.

Geradeaus war die Autostraße, die in die Stadt führte, in gefiltertes Morgenlicht getaucht, die ersten Sonnenstrahlen tauchten den Kies in Gold, obwohl die Straße durch Moos und Morgentau rutschig war. Zu seiner Rechten zogen tiefe Schatten aus den Bäumen an ihm; die hohen Kiefern duckten sich eng zusammen, als versteckten sie ein geheimes Bündel in ihrem Unterholz. Dunkel, aber ruhig, still - tröstlich. Mit pumpenden Beinen verließ William die Straße in Richtung der Kiefern.

Ein Knall wie der eines gedämpften Gewehrschusses hallte durch die Morgenluft, irgendwo tief in der Waldstille, und obwohl es sicherlich nur ein Fuchs oder vielleicht ein Waschbär war, hielt er inne, lief auf der Stelle, Unruhe breitete sich in ihm aus wie die Nebelschwaden, die sich erst jetzt unter den Bäumen hervorrollten, um von der aufgehenden Sonne verbrannt zu werden. Polizisten hatten nie einen Moment frei, obwohl er in dieser verschlafenen Stadt heute höchstens einen Streit über Vieh sehen würde. Er blickte die Straße hinauf. Kniff die Augen zusammen. Sollte er weiter die hellere Hauptstraße hinaufgehen oder in die Schatten unter den Bäumen flüchten?

Das war sein Moment.

William lief in Richtung Wald.

Sobald er einen Fuß in den Wald setzte, legte sich die

Dunkelheit wie eine Decke über ihn, die kühle Luft strich über sein Gesicht, als ein weiterer Falke über ihm kreischte. William nickte ihm zu, als hätte das Tier seine Zustimmung gesucht, wischte sich dann mit dem Arm über die Stirn und wich einem Ast aus, während er seinen Weg den Pfad hinunter pickte. Ein Zweig erwischte sein Ohr. Er zuckte zusammen. Ein Meter neunzig war für manche Dinge großartig, aber nicht fürs Laufen im Wald. Entweder das, oder Gott war sauer auf ihn, was nicht überraschend wäre, obwohl ihm nicht klar war, was er falsch gemacht hatte. Wahrscheinlich, weil er über seine Erinnerungen an Kevin Pultzer mit einem zerrissenen T-Shirt und einer blutigen Nase geschmunzelt hatte.

Er lächelte wieder, nur ein kleines Lächeln diesmal.

Als sich der Pfad öffnete, hob er seinen Blick über die Baumkronen. Er hatte noch eine Stunde, bevor er im Revier sein musste, aber der zinnfarbene Himmel forderte ihn auf, schneller zu laufen, bevor die Hitze heraufkroch. Es war ein guter Tag, um zweiundvierzig zu werden, entschied er. Er war vielleicht nicht der bestaussehende Typ, aber er hatte seine Gesundheit. Und es gab eine Frau, die er anbetete, auch wenn sie sich noch nicht sicher über ihn war.

William machte ihr keinen Vorwurf. Er verdiente sie wahrscheinlich nicht, aber er würde sicher versuchen, sie davon zu überzeugen, dass er es tat, so wie er es bei Marianna getan hatte... obwohl er nicht glaubte, dass seltsame Kartentricks diesmal helfen würden. Aber seltsam war alles, was er hatte. Ohne das war er nur Hintergrundrauschen, Teil der Tapete dieser Kleinstadt, und mit einundvierzig - *nein, zweiundvierzig, jetzt* - lief ihm die Zeit davon, um noch einmal neu anzufangen.

Er dachte darüber nach, als er um die Biegung kam und die Füße sah. Blasse Sohlen, kaum größer als seine Hand, die hinter einem rostfarbenen Felsen hervorragten, der ein paar Meter vom Rand des Pfades entfernt lag. Er hielt an, sein Herz pochte in einem unregelmäßigen Rhythmus in seinen Ohren.

*Bitte lass es eine Puppe sein.* Aber er sah die Fliegen, die um die Spitze des Felsens schwirrten. Summten. Summten.

William schlich vorwärts entlang des Pfades und griff nach seiner Hüfte, wo normalerweise seine Waffe saß, aber er berührte nur Stoff. Die getrocknete gelbe Farbe kratzte an seinem Daumen. Er steckte seine Hand in seine Tasche, um nach seiner Glücksmünze zu suchen. Kein Vierteldollar. Nur sein Handy.

William näherte sich dem Felsen, die Ränder seines Blickfelds dunkel und unscharf, als würde er durch ein Teleskop schauen, aber in der Erde um den Stein herum konnte er tiefe Pfotenabdrücke erkennen. Wahrscheinlich von einem Hund oder einem Kojoten, obwohl diese *enorm* waren - fast so groß wie ein Salatteller, zu groß für alles, was er in diesen Wäldern erwarten würde. Er suchte hektisch das Unterholz ab, versuchte das Tier zu lokalisieren, sah aber nur einen Kardinal, der ihn von einem nahen Ast aus musterte.

*Jemand ist da hinten, jemand braucht meine Hilfe.*

Er trat näher an den Felsblock heran. *Bitte lass es nicht das sein, was ich denke.* Noch zwei Schritte und er könnte hinter den Felsen sehen, aber er konnte seinen Blick nicht von den Bäumen losreißen, wo er sicher war, dass Hundeaugen ihn beobachteten. Trotzdem war dort nichts außer der schattigen Rinde des umliegenden Waldes. Er machte einen weiteren Schritt – Kälte sickerte aus der schlammigen Erde in seinen Schuh und um seinen linken Knöchel wie eine Hand aus dem Grab. William stolperte und riss seinen Blick von den Bäumen, gerade noch rechtzeitig, um zu sehen, wie der

Felsblock auf seinen Kopf zuraste, und dann lag er auf der Seite im schlüpfrigen Dreck rechts neben dem Felsen neben...

*Oh Gott, oh Gott, oh Gott.*

William hatte in seinen zwanzig Jahren als Deputy den Tod gesehen, aber normalerweise war es das Ergebnis eines betrunkenen Unfalls, eines Autounfalls, eines alten Mannes, der tot auf seiner Couch gefunden wurde.

Das hier war nicht so. Der Junge war höchstens sechs, wahrscheinlich jünger. Er lag auf einem Teppich aus verfaulten Blättern, ein Arm über die Brust gelegt, die Beine wahllos ausgestreckt, als wäre auch er im Schlamm gestolpert. Aber das war kein Unfall; die Kehle des Jungen war aufgerissen, zerklüftete Fleischbänder schälten sich zurück und hingen zu beiden Seiten des Muskelfleisches herab, wie die unerwünschte Haut eines Thanksgiving-Truthahns. Tiefe Furchen durchzogen seine Brust und seinen Bauch, schwarze Schlitze gegen grünlich gefleckte Haut, die Wunden hinter seiner zerfetzten Kleidung und Stücken von Zweigen und Blättern verborgen.

William krabbelte rückwärts, kratzte am Boden, sein schlammiger Schuh traf die ruinierte Wade des Kindes, wo die schüchternen weißen Knochen des Jungen unter gerinnendem schwärzlichen Gewebe hervorlugten. Die Beine sahen aus, als wären sie *angeknabbert worden.*

Seine Hand rutschte im Schlamm aus. Das Gesicht des Kindes war ihm zugewandt, der Mund geöffnet, die schwarze Zunge hing heraus, als wolle er gleich um Hilfe flehen. *Nicht gut, oh Scheiße, gar nicht gut.*

William rappelte sich endlich auf, riss sein Handy aus der Tasche und tippte auf eine Taste, kaum registrierend, dass sein Freund bellend antwortete. Eine Fliege ließ sich auf der Augenbraue des Jungen nieder, über einem einzelnen weißen Pilz, der sich über die Landschaft seiner Wange nach oben schlängelte, verwurzelt in der leeren Höhle, die einst ein Auge enthalten hatte.

»Mike, ich bin's, William. Ich brauche einen... Sag Dr. Klinger, er soll den Wagen bringen.«

Er trat rückwärts, in Richtung des Pfades, sein Schuh versank wieder, der Schlamm versuchte, ihn dort zu verwurzeln, und er riss seinen Fuß mit einem schmatzenden Geräusch frei. Noch ein Schritt zurück, und er war auf dem Pfad, und ein weiterer Schritt vom Pfad weg, und noch einer, noch einer, seine Füße bewegten sich, bis sein Rücken gegen eine knorrige Eiche auf der gegenüberliegenden Seite des Weges prallte. Er riss seinen Kopf hoch, blinzelte durch das blättrige Baldachin, halb überzeugt, der Angreifer des Jungen würde dort hocken, bereit, von den Bäumen zu springen und ihn mit scharfen Kiefern ins Vergessen zu reißen. Aber da war kein schreckliches Tier. Blau sickerte durch den gefilterten Dunst der Morgendämmerung.

William senkte seinen Blick, Mikes Stimme war ein fernes Knistern, das an den Rändern seines Gehirns kratzte, aber nicht durchdrang – er konnte nicht verstehen, was sein Freund sagte. Er hörte auf zu versuchen, es zu entschlüsseln, und sagte: »Ich bin auf den Pfaden hinter meinem Haus, habe eine Leiche gefunden. Sag ihnen, sie sollen durch den Pfad auf der Winchester-Seite kommen.« Er versuchte, dem Hörer zuzuhören, hörte aber nur das Summen von Fliegen auf der anderen Seite des Weges – waren sie vor einem Moment so laut gewesen? Ihr Geräusch schwoll an, verstärkte sich zu unnatürlichen Lautstärken, füllte seinen Kopf, bis jeder andere Ton verschwand – sprach Mike noch? Er drückte auf *Beenden*, steckte das Telefon ein und lehnte sich dann zurück und rutschte am Baumstamm herunter.

Und William Shannahan, der das Ereignis nicht erkannte, an dem der Rest seines Lebens hängen würde, saß am Fuße einer knorrigen Eiche am Dienstag, dem dritten August, legte den Kopf in seine Hände und weinte.

**Finde *Schattensitz* Hier:**
**https://meghanoflynn.com**

---

**Mehr Bücher von Meghan:**
**https://meghanoflynn.com**

# ÜBER DEN AUTOR

Mit Büchern, die als »eindringlich, unheimlich und vollkommen immersiv« (New York Times Bestsellerautorin Andra Watkins) bezeichnet werden, hat Meghan O'Flynn ihre Spuren im Thriller-Genre hinterlassen. Meghan ist klinische Therapeutin und schöpft ihre Charakterinspiration aus ihrem Wissen über die menschliche Psyche. Sie ist die Bestsellerautorin von packenden Kriminalromanen und Serienkiller-Thrillern, die die Leser auf die düstere, fesselnde und unaufhörlich spannende Reise mitnehmen, für die Meghan berüchtigt ist. Erfahren Sie mehr unter https://meghanoflynn.com!

**Möchten Sie mit Meghan in Kontakt treten?**
**https://meghanoflynn.com**

Erstveröffentlichung: © 2016 Pygmalion Publishing

Dieses Buch ist ein fiktives Werk. Namen, Personen, Unternehmen, Orte, Ereignisse und Begebenheiten sind entweder der Fantasie der Autorin entsprungen oder werden fiktiv verwendet. Jede Ähnlichkeit mit lebenden oder toten Personen oder tatsächlichen Ereignissen ist rein zufällig. Die geäußerten Meinungen sind die der Figuren und spiegeln nicht unbedingt die des Autors oder Übersetzers wider.

Kein Teil dieses Buches darf ohne schriftliche Genehmigung der Autorin in irgendeiner Form oder mit irgendwelchen Mitteln elektronisch, mechanisch, durch Fotokopie, Aufzeichnung oder auf andere Weise vervielfältigt, gespeichert, gescannt, übertragen oder verbreitet werden. Alle Rechte vorbehalten.

Vertrieben durch Pygmalion Publishing, LLC

www.ingramcontent.com/pod-product-compliance
Ingram Content Group UK Ltd.
Pitfield, Milton Keynes, MK11 3LW, UK
UKHW020032311224
452994UK00004B/223